ホーソーンの作品における女性像

山　本　典　子

溪水社

父石田昌義と義母山本スエノの
霊前にこの書を捧げる

まえがき

　ナサニエル・ホーソーンの作品を読む度に、どういうものか心に残ったものの一つに、その中に登場する女性たちの姿がある。夫が科学の力を応用して製造した薬が自分の死に繋がると知りながら、進んでそれを飲む妻、二人一緒に解毒剤を飲んで、健康な体に戻ろうと言う青年に対して、まず先に自分が飲んでみるからと提案し、実際にそれを飲み、死んでいく女性、共同体から阻害されながらも、ただ黙々とそれに耐え、ついには共同体の人々の深い尊敬をかち得るまでに至った女性、頭髪にいつも新鮮な花をつけ、女性のあらゆる魅力に恵まれながら、ついには近くの河で自殺してしまう女性――ホーソーンの作品に登場するこのような、またその他の多くの女性たちは私の心に深く残ったのである。そして、出来ればこのような女性像について、何かまとまった研究をしてみたいと常々考えていた。

　近年におけるフェミニズム研究の高まりとともに、アメリカ文学における「女性像」、また、今まで十分研究されていなかった女性作家たちに多くの注意が注がれ、活発な研究が展開されている。ホーソーンのみに関して言えば、最近『ホーソーンと女性たち』(Hawthorne and Women—Engendering and Expanding the Hawthorne Tradition, ed. John Idol, Jr. and Melinda M. Ponder) と題する研究書が出版されたが、これは近年におけるホーソーン研究への最も重要な貢献の一つであると考えられる。
　この書を読んで、最も感動的であったのは、ホーソーンを取り巻く多くの女性たち（母、姉妹、親戚、それにピーボディ家の人々、知人たち）が、ホーソーンの作家修業や文壇へのデヴューにおいて、いかに多くの貢献をしたかということである。新聞や雑誌等の資料を集めたり、ホーソーンの原稿を読んで批評したり、ホーソーンを文学界の関係者に紹介したりしたの

は、全てホーソーンの取り巻きの女性たちであった。これら従来あまり光を当てられることのなかった女性たちに注目し、そこからホーソーンの作品を見直してみようとする本書のアプローチは見事である。ホーソーンの作品における女性像は、ホーソーンの周囲にこれら多くの優れた女性たちがいたことに大いに関係があるのである。

　日本においても、アメリカ文学における「女性像」を研究した研究書は多い。思いつくものだけを挙げても、『アメリカ女性文学論』(鈴江璋子、研究社)、『アメリカ文学における女性像』(別府恵子他、弓書房)、『アメリカ文学のヒロイン』(岩元巖他、リーベル出版) がある。これ以外にも多くあるであろう。また、翻訳では、『アメリカ文学の中の女性』(M. スプリンガー編、小林富久子訳、成文堂)がある。この最後の研究書の中の、ニナ・バイムによる論考「アメリカ文学における女性の肖像─1790-1870」は、19世紀のアメリカ文学におけるホーソーンの女性像の特徴をよく捉えている。私の研究も、この論考に負うところが多かった。

　しかし、上記のいずれの研究も、ホーソーンの女性像のみに焦点を合わせたものではない。アメリカ文学全体の中で、ホーソーンに触れている。ホーソーンの作品における希有な女性像を考えてみる時、それにのみに焦点を合わせた研究書がやはり必要であると思う。本書は、それに向けての私なりの、ささやかな努力である。

　本書においては、ホーソーンの各作品ごとにその女性像が考察されている。その際、その物語の「概要」をかなり詳しく述べておいた。本来、これは不必要なものである。しかし、ホーソーンの女性像を考察するには、物語の「概要」があったほうが説明しやすく、また、読者にも分かり易いとの判断から、これを付けた。既にホーソーンの作品に十分慣れ親しんでおられる読者は、この箇所は飛ばして読んで頂きたい。ホーソーンの作品には、本書で取り上げた作品以外にも、女性が登場する作品が多い。例えば、「ブルフロッグ夫人」("Mrs. Bullfrog")、「エレナー嬢のマント」("Lady

Enenor's Mantle")、「老エスター・ダドレー」("Old Esther Dadley") 等である。しかし、これらの作品の考察は、種々の便宜的な理由で、本書では割愛してある。

　ホーソーンの作品からの引用は（わずかな例外を除いて）オハイオ州立大学編『ホーソーン全集100周年記念版』(*The Centenary Edition of the Works of Nathaniel Hawthorne*) を使用した。また、作品からの引用に関して、日本語の訳文の後に、英語の引用文を付すという形にした。訳文は私自身の訳出であるが、その際に、先賢の訳書の訳文を参考にさせて頂いた。それらは、巻末の「邦文参考文献」に記載されている。訳書は、常にめだたない地道な作業であり、労多くして報われることの少ない作業でもある。ここに先賢の努力と業績に感謝したい。

　限られた内容の本書ではあるが、私なりに学生時代から愛読しているホーソーンに関して、ささやな研究書を纏めることができた。本書に関して、読者の方々から御意見・御批判を賜れば、私の望外の喜びとするところである。本書を出版するにあたって次の方々にお世話になった。広島国際大学教授中川時雄氏、嶋屋節子氏の両教授からは折節の座談において貴重なご意見とヒントを頂いた。そして私の夫（広島市立大学教授山本雅）は常に適切な助言と励ましで、研究と家事の両面に渡って辛抱強く支えてくれた。さらに溪水社主木村逸司氏そして坂本郷子氏からは出版に関する種々のアドバイスを頂いた。これらの人々の暖かい激励や支援がなかったら、本書は到底、日の目をみることはなかったであろう。心から感謝の意を表する次第である。

平成13年4月1日

著　者

ホーソーンの作品における女性像

目　　次

まえがき ……………………………………………………………… i

第 1 章　序　　論——————————ホーソーンと女性たち …… 3
第 2 章　「ウェークフィールド」——————宇宙の放浪者 …… 15
第 3 章　「大望ある客」————————運命の皮肉 …… 27
第 4 章　「あざ」————————————永遠の女性 …… 37
第 5 章　「ラパチーニの娘」——————破滅の女性 …… 51
第 6 章　「美の芸術家」————————芸術家の代償 …… 63
第 7 章　「雪人形—子供の奇跡」————想像力の世界 …… 75
第 8 章　「優しい少年」————————狂信者の非情 …… 89
第 9 章　「若いグッドマン・ブラウン」————闇の世界…… 101
第10章　『緋文字』————————————女性の自立…… 113
第11章　『七破風の屋敷』————————愛の太陽…… 125
第12章　『ブライズデイル・ロマンス』
　　　　　————————女性権利運動家の苦悩…… 135
第13章　『大理石の牧羊神』———————伝統的女性へ…… 149
第14章　ホーソーンの女性像の多様性……………………… 163
第15章　ホーソーンの女性像の意義………………………… 177

Bibliography ……………………………………………… 189
邦文参考文献 ………………………………………………… 193
索　　引 ……………………………………………………… 195

ホーソーンの作品における女性像

第1章 序　論
——ホーソーンと女性たち——

　19世紀全般にわたってアメリカ文学を特徴づけている事柄の一つは、小説の中にあまり女性が登場しないということである。たとえ女性が登場したとしても、それらの女性は、女性の持つ何か一つのタイプ（表象）——優しさ、純潔、貞節、神秘——として登場しているのであって、喜怒哀楽を備えた「生き身の人間」として登場するのではない。同じ頃、イギリスにおいては女性を主人公とした多くの優れた小説が書かれているから、これは考えてみると奇妙な事実である。

　19世紀において、アメリカにはなぜ小説の中に女性が現れてこなかったのであろうか。このことに関して、ニナ・バイムは、はっきりと、当時のアメリカの、いわゆる「主要文人たち」は「小説を書かなかった」からだと述べている。そして、彼女は言葉をついで、アメリカの主要文人たちが「小説を書かなかった」理由として、次の３点を挙げている。(1)小説のような官能的なものを避けようとする清教徒的な考え方があった。(2)主要文人たちは、国家の成長・発展を念頭におき、女性が登場しない分野に精力を注いだ。(3)一般の読者（主に女性）が好みそうなものをわざと避けて、孤高の芸術的境地を開拓しようとする傾向があった（「アメリカ文学における女性の肖像 1790-1870」、バイム、1986：72-73）。

　バイムの挙げる、アメリカの主要文人たちが「小説を書かなかった」というのは当たっていないように思う。例えば、ジェイムズ・フェニモア・クーパー（James Fenimore Cooper, 1789-1851）は、いわゆる「皮脚絆物語」（The Leather-Stocking Tales）と称される一連の小説群を書いた。ハーマン・メルヴィル（Herman Melville, 1819-91）は南太平洋の島々での冒険談

や、『白鯨』や『ピエール』を書いた。また、エドガー・アラン・ポー（Edgar Allan Poe, 1809-49）も、短編・長編を含めて多くの小説を書いている。また、少し時代が下って、マーク・トウェーン（Mark Twain, 1835-1910）も数多くの小説を書いている。このように、19世紀のアメリカの主要文人たちは、「小説を書いた」のである。それなのに、彼らの書いた小説には殆どと言っていいくらい女性が現れない。女性のイメージが極めて希薄なのである。

19世紀アメリカ文学に女性が登場しない最大の理由は、いわゆる主要文人たちの眼中に女性がいなかったからである。それだけの理由である。彼らの眼は常に、荒野や海洋、河、奇妙なもの、不思議なものに向けられ、自分の最も身近にいる「女性たち」の中に向けられることはついぞなかった。当時、女性たちは、常に「子供」たちと同じに扱われ、「女性と子供たち」（women and children）というのが、常套の文句であった。当時の女性たちは、黒人たちが長い間そうであったように、常に「目に見えない存在」（invisible beings）だったのである。これが「目に見える存在」になるには、アメリカ社会はもっと成熟する必要があった。

アメリカ文学において、強烈な個性を持った女性、忘れえぬ女性のイメージというと、すぐ連想されるのは、『風と共に去りぬ』（Gone with the Wind, 1936）の女主人公スカーレット・オハラである。スカーレットは我が侭で、意地っ張りで、勝気である。虚栄心が強く、華麗な生活に憧れるが、全てに挫折した後にもまだ、農場で逞しく生きる雑草のようなしぶとさを有している。ここには実に興味深い女性像が展開されている。この例を見ても分かるように、このような女性が出現するには、アメリカは随分後の時代まで待たなければならなかったのである。それまでのアメリカは「男性」の世界であり、社会であった。しかし考えてみると、マーガレット・ミッチェル（Margaret Mitchell, 1900-48）は、1936年に『風と共に去りぬ』を書いたのであり、彼女が生きた頃と「同時代の出来事」を書いたわけではないのである。だからこの作品とても、1936年当時の女性のイメージを

南北戦争の時代に投影したとも考えられる。

　さて、今まで私は、アメリカ文学、特に19世紀中頃までのアメリカ文学において、女性のイメージが希薄であると述べたが、これには幾つかの例外がある。そしてその例外の最たるものの一人は作家ナサニエル・ホーソーン（Nathaniel Hawthorne, 1804-64）ではなかったかと思うのである。彼が創造した強烈な印象を与える女性、私達の心を捉えてやまない女性は、『緋文字』（*The Scarlet Letter*, 1850）に出てくるヘスターである。彼女は戒律厳しいピューリタン社会において「未婚の母」となり、世間の厳しい非難の目に耐えながらも、ただ黙々とおのが道を歩み、最後には社会の人々から「私たちのヘスター」（Our Hester）と呼ばれ、親しまれるまでになった。彼女は自分の試練を通して、最後には土地の人々に尊敬される女性となったのである。

　その2年後、ホーソーンは『ブライズデイル・ロマンス』（*The Blithedale Romance*, 1852）という作品を書いているが、その中にゼノビアという女性が登場する。このゼノビアは、ある意味ではヘスターよりも、もっと強い印象を与える女性である。彼女は際立った美貌に恵まれ、若さや生命力に満ち溢れている。その上、彼女は会話の術に長けており、人々の心を捉えて離さない。このような、女性としてのありとあらゆる資質に恵まれながら、自分の異母姉妹と一人の恋人を巡って三角関係に陥り、最後には河に身を投げて自殺してしまうのである。ヘスターは幼いパールを育てるために、どのような苦難にもただ黙々と耐えることによって思慮深く、社会に奉仕する女性へと成長を遂げたが、ゼノビアは自分が苦境に陥ると、自己本位な立場から、そこからの脱出を計った。彼女は丁度ヘスターとは対照的な生き方をしたのである。

　さらにホーソーンの最後の長編作品である『大理石の牧羊神』（*The Marble Faun*, 1860）には、ミリアムという女性が登場する。彼女の得体の知れない素姓と状況のゆえに、彼女も私達の関心を引く女性である。ミリアムは若い時に自分の意にそわない結婚へと運命づけられていたため、そ

れが嫌で逃げ出してしまう。その後、何か反社会的で過激な活動に従事し、そのため絶えずローマの官憲からつけ狙われている。ミリアムは彼女を慕う若者であるドナテロに、殺人に関して暗黙の了解を与えたために、自分自身も殺人を犯したとの意識に悩まされることになる。

　このように長編作品を少し概観しただけでも、ホーソーンの作品においては女性が大きな役割を果たしていることに気付く。多くの作品に女性を登場させ、その女性に作品中において重要な役割を付与した点で、アメリカ文学、特に19世紀中頃のアメリカ文学において、ホーソーンは特異な存在であったと思われる。上記の例にあげた女性たち——ヘスター、ゼノビア、ミリアムなど——の作品における女性像は、やがて後の章で詳しく考察することにして、今ここではある短編作品に登場する女性を取り上げてみよう。その作品は「エゴティズム、または胸の中の蛇」("Egotism, or the Bosom Serpent," 1843) である。

　ロデリック・エリストンという男は、ロウジーナという女性と結婚している。ロウジーナは「優しい女性の理想」(ideal of gentle womanhood, Nathaniel Hawthorne, *The Centenary Edition of the Works of Nathaniel Hawthorne*, Vol. 10：270. 以下、特に明記しないかぎり、ホーソーンの作品からの引用はこの全集からであり、単に *CE* と記し、その次に巻と頁数を記す) と描写されて、美人で貞淑な妻である。やがてロデリックはこの女性と別居する。その理由は作者が詳述してないので不明であるが、どうやらロデリックのほうに責任があり、妻への嫉妬が原因らしいと作者は言っている。

　ロウジーナと別れてまもなく、ロデリックは精神的にも肉体的にも異常な徴候を表し始める。顔は青白くなり、頬は落ちこんでしまう。そして彼は自分の胸の中に蛇がいて、その蛇が「自分の胸を嚙む！　自分の胸を嚙む！」(It [The snake] gnaws me! It [The snake] gnaws me!　*CE* 10：270) と叫び始める。ロデリックは世間とのつきあいを一切断ち、胸の中の蛇を追い出すために、いかさま師をも含めて、様々な医者の助けを求めるが、

病気は一向によくならない。こうして次第にロデリックは以前にも増して、自分のことだけしか考えない自己中心的な人間になる。そして自分の胸の中の蛇について、あれこれ考えを巡らすうちに、彼はある種の洞察力を得るようになる。その洞察力によって、彼は、自分がこのように悩むのは、自分が世間を越えた水準にいるからだとか、自分には特殊な使命が課されているからだとか、世間の人々も結局はそれぞれ胸に蛇を抱えて生きているのではないかとか考えるようになる。特にこの最後の考えが彼の頭に浮かんだ時、世間から隔絶して生きていた彼は、遂に世間に出て行く。

　そして、敬虔の権化として尊敬されている牧師に対して、「あなたは聖餐式のワインのカップで、蛇を呑み込みましたね」(You have swallowed a snake in a cup of sacramental wine, *CE* 10：276) と言う。また可憐な乙女に対しては、「あなたの胸の中には最も恐ろしい毒蛇が住んでいる」([you] cherished a serpent of the deadliest kind within your breast, *CE* 10：276) と言う。こうしてロデリックは町であらゆる人々をつかまえては、彼らの胸の中に住むと思われる蛇について、しつこく問いただすようになる。このような迷惑な行動に耐えかねた町の人々は、ついにロデリックを精神病院に入れてしまう。しかし、ここでも彼の病気はよくなるどころか、一層悪くなり、彼は自分の胸の中にいると思われる蛇と格闘する。病院でも厄介ものと成り果てたロデリックは半ば強制的に退院させられて、木立や野原に囲まれた彼の邸宅に戻る。この時、彼とロウジーナが別れて既に4年になっている。

　ロデリックにはハーキマーという彫刻家の友人がいる。このハーキマーはロウジーナの従兄弟でもある。ハーキマーは長い間イタリアのフロレンスに行っていたが、二人のことを案じて戻ってきたのである。彼はロウジーナからの伝言を持って、精神病院から自宅に戻って来たロデリックに会いに行くが、ロデリックのものすごい変わりようと、また「蛇が胸を嚙む！　蛇が胸を嚙む！」という彼の叫び声におじけづいて、その場はいったん引き上げてしまう。ハーキマーは、今度は密かにロウジーナを連れて、ロデリックに会いに行く。ハーキマーが一体どうしたら胸の中の蛇を退散

させることが出来るのかとロデリックに尋ねると、ロデリックは自分はいつも自己中心的であり、自分の胸の中の蛇と格闘しているが、「ほんの一瞬でも自分を忘れることが出来れば、胸の蛇は私の中から出て行くかも知れない」(Could I, for one moment, forget myself, the serpent might not abide within me. CE 10：282) と言う。

　するとその瞬間、庭の木立の陰に隠れていたロウジーナが急に彼の前に立ち現れ、「それでは、あなた、妻のことを考えて、自分の事を忘れなさい」(Then forget yourself, my husband ... forget yourself in the idea of another! CE 10：283) と言って、手で彼に触る。そうすると突然、蛇らしきものが、急に彼の胸からとび出して草むらに消え、ロデリックはまた元の、正気の男に戻るのである。

　このホーソーンの「エゴティズム、または胸の中の蛇」という作品を読む時、私達はホーソーンの示す女性像に関して多くを考えさせられる。この作品において、ロウジーナはほんの短い瞬間しか物語の中に現れない。彼女の言う台詞はわずか数行である。しかし、この物語の中で彼女が果たす役割は重要である。それはロウジーナが何らかの理由で別居することになり、悲惨な変貌をとげた夫を立ち直らせていることである。しかも、ほんの一回彼に手で触れることによってである。ロウジーナはロデリックにとってはまさに「救いの女性」である。あらゆる医者や病院や治療法が出来なかったことを、ロウジーナはいとも簡単に成し遂げてしまう。女性、そして特に妻は、男性にとって大きな力を持つ。ここに男性にとっての救いの源泉がある——まさにそのことを言いたいが為に、作者ホーソーンはこの「エゴティズム、または胸の中の蛇」を書いたのである。

　実はこの作品には、「出版されずに終わった『心に関するアレゴリー』より」(From the Unpublished "Allegories of the Heart") という副題とも言うべき説明がついている。アレゴリー的な手法を使って、ホーソーンがこの作品において意図したことは、副題の言葉「心に関するアレゴリー」(allegories of heart) にあるように、人間の「心」の奥底を探り、その真実に迫

りたかったのである。人間の心の不思議さ、人間の心の意外性、人間の心の葛藤——そのようなものについてホーソーンは考察したかった。そのためにホーソーンはロデリックという変わった人物、現実には存在しそうもない人物を創造したのである。また、現実にはあまりいるとは思われないような理想的な女性ロウジーナを登場させた。彼女は4年間も夫を温かく、辛抱強く見守り続けたわけであるが、実際には4年の間そのように寛大な心で、忍耐強く夫を見守り続ける女性はあまりいないのではなかろうか。

　しかし、ホーソーンにとっては、人間の「心」を考察するためにこのような道具立が是非とも必要だったのである。このように考えると、この作品において、私達はロウジーナを通して、ホーソーンの女性像に迫ることが出来るのである。ロウジーナは、嫉妬に狂い、自己中心的になり、妻のもとを離れていった夫を、その女性らしい優しさや忍耐力でもって、温かく見守り更生させている。だから、ロウジーナは、彷徨する男性を正常な道に戻す存在、荒れる男性の魂を鎮める存在、世間の常道から逸れた男性を世間という輪の中に引き戻す存在である。これが、男性にとって、女性に関するいかに都合のいい見方であるにせよ、これは一つの「女性像」なのである。

　19世紀中頃において、あるいは社会道徳の厳しかった19世紀のヴィクトリア朝時代全体において、一般に男性はビジネス等を「行う人」(doer) であり、女性は「文明化する人」(civilizer) であるというのが一般の社会通念であった。言い換えると、男性は社会に出て、仕事や金儲けに精を出す。男性の頭脳と体はそのような狡猾な分野に、つまり競争社会に適している。これに反して、女性は家にいて、深い愛情に裏打ちされた自己犠牲の精神で家族に尽くし、彼女の優れた教養や良識でもって、夫や子供たちの教化、特に内面の教化にあたる。「文明化する人」を意味する「シビライザー」とは「シビライズ (civilize)」から派生しており、文字通り、夫や子供を「教化する人」である。

これは典型的なヴィクトリア朝の女性像である。つまり、男性は仕事に、女性は家庭にという完全な分業である。このようなヴィクトリア朝の女性像はそのままアメリカに持ち込まれ、イギリスの模倣こそが「文化」であると考えられた19世紀のアメリカにおいて、この「文化」がイギリス以上にかたくなに墨守されていたのである。これはヴィクトリア朝の一般の人々に言わせると、男性と女性との間の「区別」ということであるのだが、その「区別」の中に多くの「差別」が内包されていることに、当時多くの人々はまだ気付いていなかった。

　以上のことから、ホーソーンがこの作品「エゴティズム、または胸の中の蛇」で展開している女性像は、19世紀中頃のアメリカにおける典型的な女性像である。この物語の終わりに作者は「教訓」(これを物語の最後につけるのがホーソーンの作品の書き方であった) として、「あなたの場合、嫉妬という形で表れた物凄い自己中心性こそが、いままで人間の心に入りこんだもっとも恐ろしい悪魔であった」(A tremendous Egotism,——manifested itself, in your case, in the form of jealousy——is as fearful a fiend as ever stole into the human heart, CE 10：283) と述べ、それは他ならぬ女性によって除去されるものだと述べている。

　これは一見、極めて単純な、たわいない女性像のように見えるかもしれない。しかし、私達は女性の権利や平等に関する考えが発達した現代の作品を扱っているのではないのである。19世紀には19世紀の女性像というものがあり、その女性像は、私達の現代の基準からすると、たわいないものに見えるかもしれない。また、植民地時代を経て政治的にも経済的にもアメリカが独立して、社会が豊かになるにつれて、次第に男女の役割分担が明確になっていった19世紀には「共和国の母」(Mother of the Republic) として、また「家庭の愛の天使」(an angel of love at home) としての女性が理想視されたのである。そうした時代的制約の中で、作家ホーソーンは男性と女性の係わり合う姿を繰り返し作品の中に描き続けた。

　ホーソーンの女性像を考える場合、私達はまず彼の変わった経歴という

ものに注目せざるを得ない。彼は9歳の時に学校で足を怪我し、以後3年間家に閉じ籠もりがちな時期があった。そのせいもあって、彼はどちらかと言うと、家で読書したり、思索したりするのが好きな子供であった。父ナサニエルは貿易船の船長であったが、ホーソーンが4歳の時、南米で黄熱病にかかり病死している。そのため彼は、28歳という若さで未亡人となった母や姉妹と、同じセイレムにあった母の実家のマニング家で多くの親族に溺愛されながら育てられた。この美人の誉れ高い母エリザベスは、夫の死後世間的にはまさに世捨て人のようであった。外出を嫌い、ひっそりと目立たぬ生活を送った。世間の荒波から三人の幼子（当時、エリザベス6歳、ナサニエル4歳、ルイーザ0歳であった）を守り育てる姿は、パールを養育するヘスターを彷彿とさせる。実家マニング家は駅馬車会社を営み、豊かであったため、一家はそこに移り住み、その援助で生活に困ることはなかった。とはいえ、親族から良きにつけ、悪しきにつけ干渉される制約の多い生活であったらしい。しかし文化的には教養豊かで、読書好きな仲のよい家族であった。

　やがて17歳になると、ホーソーンはセイレムを離れて、メイン州ブランズウィック（Brunswick）にあるボウドン大学（Bowdoin College）に進学するが、ここでの彼のあだなは「世捨て人」（recluse）であった。在学中から職業作家になりたいとの決意を固めており、卒業後もこれといった職業につくこともなく、セイレムの母の許に帰り、作家修行に明け暮れた。しかし世間的に認められることもなくぶらぶらして暮らし、ようやく一部の人達に彼の存在が知られ始め、そして生涯の伴侶にめぐり会えて、結婚した時には、彼は既に38歳であった。

　38歳という年齢がどれくらい孤独感や疎外感を伴っていたかは想像に難くない。大学時代の友人たちはそれぞれ似合いの相手を見つけて次々と結婚し、社会的にも着々と地位や名声を築いている。自分だけが世間から取り残され、作家として自立することもできず、独り悶々とした毎日を送っている。アメリカ社会では、あらゆる社会の催し物、イベント等はたいてい夫婦同伴か、ガールフレンドを伴わないと事実上行けないような仕

組みになっている。それは19世紀も今も同じであろう。このようなことが若者の心に与える影響はどのようなものであったろうか。先の物語中のロデリックは、「蛇が自分の胸を嚙む！　蛇が自分の胸を嚙む！」と叫び、悶々として毎日を送ったが、それはまさに若い頃のホーソーンと重ねて見ることが出来るのである。

　そのような若者が近所の歯医者の娘であるソフィア・ピーボディ（Sophia Peabody）と知り合い、結婚することになった。しかも、お互いに心から愛しあってのことであった。これはホーソーンにとってどんなに幸福な出来事であったことだろうか。「エゴティズム、または胸の中の蛇」の中で、ロウジーナは夫のロデリックに一回触るだけで彼を立ち直らせたが、ホーソーンにとって、ソフィアはまさにそのような女性であった。この物語に展開されている女性像は、当時19世紀の一般的な女性像であると同時に、それはまさにホーソーン自身の経験に基づいたものである。ソフィアに送ったラブレターのある箇所でホーソーンは次のように述べている。

　　「実際、私達はただの影にすぎない。それから、私たちの心が触れられる時がくる。その一触れが私たちに命を与える。それ以後、私達は本当に存在し始め、それによって私達は実在の人間となり、永遠を受け継ぐ者となる。」(Indeed, we are but shadows ... till the heart is touched. That touch creates us——then we begin to be——thereby we are beings of reality, and inheritors of eternity, Nathaniel Hawthorne, *Love Letters of Nathaniel Hawthorne*, 1907：I, 225)

　まず最初に、「エゴティズム、または胸の中の蛇」を例にとって、ホーソーンの女性像を考察した。本書において、ホーソーンのさらに多くの他の作品を取り上げることによって、その女性像をさぐり、その構造を明らかにしてゆきたい。ホーソーンは彼の短編・長編の作品において、どのような女性像を提示したのか。また、なぜそのような女性像を提示したのか。また、時の経過とともに、ホーソーンの女性像はどのように変化していったのか。そしてそれは何故なのか。また、ホーソーンの女性像は当時のア

メリカ社会とどのような係わり合いを持っているのか。また、アメリカ文学の流れの中で、ホーソーンの女性像は他の作家のそれと比べた場合、どのような特徴と意義を持っているのか。このようなことを考察してみたい。

第2章 「ウェークフィールド」
——宇宙の放浪者——

　ホーソーンの作品における女性像を検討するにあたって、短編「ウェークフィールド」("Wakefield," 1835) は夫婦の問題を扱った、少し風変わりな、しかし見落とせない作品である。どこにでもいそうな、ごく普通の男ウェークフィールドの行動は、奇行中の奇行と言えるであろう。彼はある日突然、家庭から、そして妻のもとから去り行方不明となる。ところが本人は人知れずこっそりと舞い戻り、隣の通りに下宿する。そして密かに妻の行動を20年間にわたって観察し続けるのである。こうしてホーソーンは先の「エゴティズム、または胸の中の蛇」と同様、結婚した男の異常な行動と、それに対処する女性の態度に注目しているのである。ホーソーンがいかに結婚とか、夫婦の役割とか、その中における女性の在り方に深い関心を寄せていたかが分かる。

　しかし、作品「ウェークフィールド」を検討する前に、先の「エゴティズム、または胸の中の蛇」に再度言及して、ホーソーンの作品における重要な問題点を考察しておきたい。前章において「エゴティズム、または胸の中の蛇」の物語の概略に接した読者は、「これは物語というよりもむしろ何かの説教話であり、喩え話であり、道徳教材のようなものではないか」と思われるかもしれない。この感想はまことに当然で、ホーソーンの作品がしばしば「アレゴリー（寓意物語）である」として非難される所以がここにある。アレゴリーとは常に何かイデオロギー、あるいは抽象概念を宣伝したり、教えようとするものであるから、どうしても教訓的（didactic）になってしまう。

ホーソーンと同時代の作家であるエドガー・アラン・ポー（Egar Allan Poe, 1809-49）は、詩や散文において常に芸術的「効果」(effect) ということを重視して、芸術が人に何か教訓を垂れるとか、道徳を教えようとすることを極端に軽蔑した。彼の立場は常に徹底した芸術至上主義である。そのポーがホーソーンの最初の短編集である『陳腐な物語集』(*The Twice-Told Tales*, 1837) を読んで、その中の多くの作品に表れているトーン（芸術的雰囲気）に関してホーソーンを絶賛する書評を書いた。ところが、彼がホーソーンの二番目の短編集である『古い牧師館の苔』(*Mosses from an Old Manse*, 1846) を読んだ時、ポーは再度書評を書いてホーソーンをその教訓癖のゆえに、厳しく非難して、「ホーソーン氏は、際限なくあまりにアレゴリーが好きである。彼がこの教訓癖に固執するかぎり、ホーソーン氏は決して人気を博することを期待できない」(He is infinitely too fond of allegory, and can never hope for popularity so long as he persists in it. Edgar Allan Poe, "Tale-Writing——Nathaniel Hawthorne," *Critical Assessments*, 1991, Vol. 1：203) と言っている。

このような観点から読んでみると、ホーソーンの「エゴティズム、または胸の中の蛇」は全くの駄作ということになる。恐らく、読者の多くは、前章においてこの作品のアウトラインや、中心的テーマに関する私の解釈を読んで、ポーと同様のことを感じられたかもしれない。

しかし、ホーソーンはもう少し複雑な作家なのである。彼は時として非常に微妙であり、曖昧であり、表面に現れたものより深い。ここがホーソーンの作品に接する時、私達読者が注意しなくてはならないところである。ホーソーンは意識的な芸術家であり、表面だけで簡単には判断できない。ホーソーンが彼の作品において蝶や、蛇や、ステッキや、あるいは犬、その他身の周りのあらゆるものを描写する時、彼は決して無意味に、また無目的にそれらを描写しているのではない。彼が作品に登場させる人や動物を含めて、あらゆる物はほとんどの場合、何か言外の意味・象徴的意味を付与されている。ホーソーンは緻密な計算に基づき、極めて意図的にそれらを登場させている。しかも、それらは一見何気なく描写されている。

そのため私達読者は、つい作品に込められた作者の「言外の意味」を見落としてしまい、作者の道徳癖や教訓癖ばかりが目につくことになるのである。

　そのような観点を踏まえて、「エゴティズム、または胸の中の蛇」を読むと、その中における大切なシンボルは、作者が繰り返し述べている「蛇」(serpent)であることに気づくのである。周知の如く、蛇は西洋文化においては、極めて特異な動物である。エデンの楽園において、イヴをそそのかして禁断の木の実を食べさせ、神によって地上の塵の上を這う動物にさせられて以来、蛇は「狡猾な」(cunning)とか「嫉妬深い」(jealous)とかのイメージを持つようになった。

　この作品において、作者が「胸の中の蛇」(bosom serpent)に関して意図していることは、蛇と「嫉妬」(jealousy)を結びつけることである。主人公ロデリック・エリストンは「女性の優しさの理想」(the ideal of gentle womanhood)としてのロウジーナに「嫉妬」の念を抱いて、妻と別居する。それ以後、彼は日毎に強まる蛇のイメージで描写される。ロデリックは胸に蛇を抱いて苦悶するが、それは彼が嫉妬に身を焼かれる姿を象徴している。また、物語の最後にロデリックの胸の中から蛇らしきものが飛び出して草むらに消えたとき、彼が急に正常に戻ったということは、彼の嫉妬の念が消えたことを意味する。

　しかし、蛇はまた、洋の東西を問わず、男根のシンボルでもある。作者ホーソーン自身、そのようなイメージを他の作品の中で使っている。その一番良い例は「若いグッドマン・ブラウン」("Young Goodman Brown")の主人公ブラウンが森の中へと旅して行く冒頭の部分である。

　ホーソーンは、この物語において、ブラウンを森の魔女たちの集会とおぼしき会合へ誘う男が持っている「杖」(staff)に言及している。それは遠くから見ると、「生きている蛇のように、くねくねと曲がり動くのが見られるかも知れない」(it might almost be seen to twist and wriggle itself like a living serpent, *CE* 10：76)と言っている。そしてこの男は一人の魔女とお

ぼしき女性に、こう言っている。「もしよければ、私のこの杖を使いなさい。」(here is my staff, if you like, *CE* 10：79)。この場面の性的イメージは多くの批評家が指摘する所である（例えば、Roy R. Male, pp. 78-79)。元来、魔女に箒は欠かせないものであるが、この魔女の箒は男根のイメージに他ならないから、魔女が箒にまたがるというのは、極めてシンボリックである。だからホーソーンのこの場面はますます性的なものになっている。

「エゴティズム、または胸の中の蛇」においては、ロデリック自身が「蛇に見えた」と作者は繰り返し述べている。ロデリックは胸に蛇を宿しているだけでなく、彼自身が蛇に見えるのである。それを作者は次のように描写している。

「すぐ後、ハーキマーは痩せて、不健康な顔の男を見た。彼の目はぎらつき、黒い髪は長かった。この男は蛇の動きを真似ているようであった。というのも、彼は前を向いて真っ直ぐ歩く代わりに、舗道の上をくねくねと動いたからである。……奇蹟が起こって、蛇を人間に変えてしまったと言うのは、あまり想像のしすぎであろうか。」(After an instant or two, he [Herkimer] beheld the figure of a lean man, of unwholesome look, with glittering eyes and long black hair, who seemed to imitate the motion of a snake; for instead of walking straight forward with open front, he undulated along the pavement in a curved line. It may be too fanciful to say ... that a miracle had been wrought by transforming a serpent into a man. *CE* 10：268-269)

また、この物語の最後にも作者は、ロデリックの「蛇の動きへの類似性」(resemblance to the motions of a snake, *CE* 10：282) に言及している。

上の引用は、作者が直接ロデリックの蛇のような有様に言及した箇所であるが、物語全体を通して読んでみると、これはさらに明白となる。ロデリックが特に薄暗い場所を好んで歩き、人をつかまえては執拗に質問し、ついには町中の人に嫌がられて精神病院に入れられる有様は、これ全て蛇のイメージなのである。さらに、最後のロデリックの屋敷の描写の場面では、庭に大きな木あり、噴水あり、灌木あり、野原ありで、これは人間の

住居と言うよりも蛇の住まいのようである。

　このような蛇、つまり男根のイメージで語られるロデリックに対して、妻ロウジーナは4年ぶりに藪の中から突然現れて、「彼女の片手でロデリックに触った」(touched Roderick with her hand)と書いてある。すると、「ぶるぶる彼の体が震えた。その瞬間、ハーキマーは草の間を波打ちながら動いて通り抜けるものを見た。そして、何かが噴水に飛び込んだかのような音を聞いたのである」(A tremor shivered through his frame. At that moment ... the sculptor [Herkimer] beheld a waving motion through the grass, and heard a tinkling sound, as if something has plunged into the fountain. *CE* 10：283)

　そしてその後、全く突然にロデリックは全ての悩み、嫉妬や欲求不満から解放されている。これは射精とその後の爽快感のイメージと取れる。ロデリックがあれほど悩み、苦悶し、自分と戦っていたものは性的不満が原因の一つであったとも解釈できる。ロデリックの悩みは嫉妬が原因であったが、その背後には性的なものがあったと推定される。やはりこれは男と女の物語であり、夫と妻の物語である。

　さて、ここで注意したいのは、この物語は「以上のように読まなければならない」というのではなく、この物語は「そのようにも読める」ということなのである。作者ホーソーンは一度もロデリックの胸に「実際に蛇がいた」とか、「彼は蛇の化身であった」とか言ってはいない。「そのように見えた」とか、「そのように思えば思えた」とか、巧妙にぼかしているのである。肝心なところは、読者の想像に任されている。ホーソーンはロデリックの悩みの背後に性的なものがあったとか、ロウジーナとの夫婦生活がうまくいってなかったとか一言も言っていない。作者は想像上の蛇を描写するばかりである。ここにホーソーンの「曖昧性」(ambiguity)の持つ力がある。私達読者は、ホーソーンの作品を読む時、この「曖昧性」の持つ力を充分に理解して、慎重に読まなければならない。

　以上のことからホーソーンの女性像に関して言えることは、ホーソーン

が女性を見る時、彼は女性をただ「男性を人間の鎖に繋ぎとめてくれる存在」だとか、「男性の荒れた心を洗練してくれる存在」だとかのように、一面的に見ているわけではないということである。ホーソーンはロウジーナを「女性の優しさの理想」と言っていたが、「蛇」にまつわる話から推定できることは、ロウジーナのほうにも原因があったのかも知れないということである。

　ホーソーンが生きた当時は、性に関してはいわゆる「大抑圧」（Great Repression）と呼ばれた時代である（Page Smith, 1970：57-76）。ピューリタン社会とそれに続く啓蒙時代は、性的には意外なほどルーズな時代であった。例えば、ベンジャミン・フランクリン（Benjamin Franklin, 1709-90）は性的に欲求不満な男性はどのようにして相手を見つけ、性欲の処理をして、しかも相手から感謝されるか等の「助言」（"Advice"）を印刷公表している（Page Smith, 1970：69）。こうした徹底した実利的・合理主義の時代への反発から、性的なことは全て裏に追いやられ、上品とか洗練とかの価値が強調されるようになった。これがやがて、後の「お上品な伝統」（genteel tradition）へと発展していくのである。このような「お上品な」時代にあって、男と女の問題、夫婦間の問題に関して、作家がその作品において表現できることと言えば、ホーソーンが「エゴティズム、または胸の中の蛇」の中で描いた程度が精一杯であったかも知れない。

　さて、「ウェークフィールド」に戻ると、主人公ウェークフィールドは中年の男で、結婚して10年くらいになっている。彼は妻に対しては情熱的ではないが、静かな安定した愛情をもち、その性分の怠惰さゆえに、妻を裏切るなど決して考えられない普通の良き夫であった。しかし、心はかなり冷たく、知的ではあるが、想像力や活力に欠けており、あれこれの小さな奇人の性癖を持った男である。彼は何よりもまず自己中心的である。家には妻の他に、家事手伝いや雑用係がいる。妻との間に子供はいないようである。

　このような取立てて言うこともない男であるウェークフィールドは、あ

る日山高帽をかぶり、傘を持ち、また手提げ鞄をかかえて、2・3日の旅行に行くと言って家を出る。ところが、それきり彼は自宅に帰らず、すぐ隣の街路に家を借りて下宿する。そして、自分の失踪が妻や他の者たちにどのような衝撃を与えるかを密かに観察するのである。ウェークフィールドは彼なりに以前と同様まだ妻を愛しているのだが、好奇心と怠惰な心に負けて、ついついと家出の日数を増して行く。そのうちに彼は自宅に戻る機会を完全に失ってしまう。

　彼は毎日、妻が買物に行ったり、あるいは妻が病気になったりして、医者が妻を診察しに家に出入りするのを目撃することになる。ある時などは、妻が日曜日に教会に行く途中に、実際にロンドンの人込みの中で、妻と擦れ違う際に、体に触れることさえあったのである。そうして、月日はどんどん過ぎ去り、10年、やがて20年過ぎ去って行く。彼も妻も次第に年をとり、老いていく。しかし、20年目のある日、雨が降り、風が吹き荒れる荒涼とした夕方、家の中では炉火があかあかと燃えている自宅のなごやかさに引かれて、ウェークフィールドはつい自宅の敷居をまたいで中に入るのである。

　この物語において、作者の最も重要な発言と思われる箇所は最後に現れる。この物語の「モラル」として作者は次のように言っている。
　　「この不思議な世界の一見混乱した状態の中において、個人はお互いに対して、また全体に対して、一つの体系の中に実に見事に組み込まれている。だから個人は一瞬間でもこの体系から抜け出してしまうと、永久に自分の居場所を失うという恐ろしい危険に自分をさらすことになるのである。そして彼は丁度ウェークフィールドのように、いわば宇宙の放浪者になってしまうのである。」(Amid the seeming confusion of our mysterious world, individuals are so nicely adjusted to a system to one another and to a whole, that by stepping aside for a moment, a man exposes himself to a fearful risk of losing his place forever. Like Wakefield, he may become, as it were, the Outcast of the

Universe, *CE* 9：140)

　ここでホーソーンが言わんとしていることは明白である。人間というものは、一見個々ばらばらのような生活をしているように見える。しかし、それにもかかわらず人間はひとつの大きな体系を形成していて、各個人は皆それぞれこの体系の中にしっかりと組み込まれている。ところが、何らかの原因で人間がその体系から逸脱するとき、その者は突然その居場所を失ってしまう。これがホーソーンが言いたかったことであろう。

　そして、まさにこの点にホーソーンの女性像が表されているのである。ウェークフィールドがあのようにして彼の居場所を失ったのは、彼が結婚してそれなりに幸福な日々を共に過ごしていたウェークフィールド夫人を、彼の気紛れによって見捨てたからである。ウェークフィールド夫人は、これまた夫同様、何も取立てて言うところのない地味な女性であるが、それでもウェークフィールドが彼女と結ばれている限り、この世における彼の居場所は安泰であった。ウェークフィールド夫人はその意味において、彼と人間社会という大きな体系の「繋ぎ役」(link) だったのである。

　このように考えてみると、「ウェークフィールド」と先の「エゴティズム、または胸の中の蛇」との間には、大きな類似性があることに気付くのである。「エゴティズム、または胸の中の蛇」においては、主人公ロデリック・エリストンは、妻ロウジーナから離れたばかりに、極度の精神不安、欲求不満、精神的孤独、疎外感を経験した。そして結局は妻の助けにより、またもとの正常な男、世間という大きな体系の中に組み込まれた男に戻ったのである。ウェークフィールドは自己の気紛れで、20年の長い間、妻のもとを離れておきながら、結局は妻のもとへ戻っていった。

　先に私は、19世紀の一般的な考え方は、男性は「行う人」(doer)であり、女性は「文明化する人」(civilizer)であったと述べたが、ホーソーンにおいてもその概念は当てはまる。しかし、作者ホーソーンがここで強調しているのは、男性への、女性の「繋ぎ役」(link)としての側面である。

　ロデリックとウェークフィールドはいずれも、精神的彷徨の後、「繋ぎ

役」たる女性のもとへ戻っている。それゆえ彼らは結果として救われたのである。ところで、彼らがあくまで気紛れに従い、我が儘を通して女性のもとに戻らなかったならばどうなるのであろうか。その時には、当然予測されることであるが、彼らは「宇宙の放浪者」(Outcast of the Universe) になる運命であり、ただ孤独と破滅だけが待ち受けているのである。だからホーソーンの作品においては、自己の野望を捨て、女性を受け入れて、安定した生活を送るかどうかは、一人の男性の幸・不幸を占うバロメーターになるのである。

このようなコンテクストにおいて、ホーソーンの別の作品「巨大な紅水晶」("The Great Carbuncle," 1837) を考察してみよう。この作品は、架空の事柄を扱い、単純なストーリーなので、ホーソーンの研究においてあまり検討されることのない作品である。しかし、ホーソーンの作品における女性像の研究という観点からは興味深い作品である。

マサチューセッツ州の西の丘陵地帯にホワイト・マウンテンズという山脈があり、その一角に「水晶の丘」とよばれる場所がある。ここは昔から、太陽にまさる光でキラキラ輝く大きな紅水晶が輝いていると伝えられている。しかし、今の世に至るまでその正確な場所を突き止めた者はいないし、紅水晶を実際に見た者もいない。

ある時、この紅水晶の探検に出掛けた8人の人間が、山の中腹の潅木で誂えた山小屋に、ある夜偶然に一堂に会することになる。この8人とは、(1) 60歳になる、痩せた老人で、熊の毛皮の服に体をくるみ、一生をこの紅水晶の探求に費やしている探求者。(2)とんがり帽子をかぶった小柄な男で、ミイラのように干乾びた科学者のカカホデル博士。(3)金持ちの商人であり、ボストンの代議員、教会の有力者でもあるイカボッド・ピグスノート氏。彼は毎日朝と夕方に彼が集めた金貨の山の中で、転がって楽しむと言われている。(4)大きな色メガネをかけ、世の中をいつも冷笑的に見ている冷笑家。彼は、巨大な紅水晶は存在しないことを世間に知らせ、世間を

冷笑しようと企てている。(5)霧や霞を食べて生きているように見える詩人。彼は巨大な紅水晶のことを詩に歌おうとしている。(6)羽毛のついた帽子と洒落た服を着、宝石のついた刀を腰にさしている若い貴族のド・ヴィア卿。彼は紅水晶を彼の古い館の収集物の一つにしようと考えている。(7)田舎じみた服を着た若い男のマシュー。(8)その妻のハンナ。この二人は紅水晶を家に持ち帰り、自分たちの住居を太陽のように明るいものにしようとしている。

　一夜明けて8人は全員、紅水晶の探求に出掛ける。その結果は各人各様である。探求者の場合、彼は紅水晶を発見したのだが、その喜びがあまりに大きく、歓喜のあまり、紅水晶のある湖の付近で死んでしまう。カカホデル博士は紅水晶を見つけることが出来ず、そのかわり御影石を持ち帰り、この分析をして論文を書く。イカボッド・ピグスノート氏は途中で探求を断念し、元の場所に戻ろうとするが、帰途インディアンに捕まり、莫大な身代金を払い、ほとんど一文無しになる。冷笑家は紅水晶のある場所に来るが、自分の色メガネを外して紅水晶を見るや否や、その光に幻惑され、盲人になってしまう。そして彼はロンドンの大火において焼死する。詩人は結局、紅水晶を見つけることが出来ず、その代わり山で見つけた氷を持ち帰り、これにヒントを得て、人々を感動させることのない冷たい内容の詩を書く。貴族のド・ヴィア氏も紅水晶を発見出来ず、手ぶらで彼の館に帰る。やがて彼は死に、棺桶に納まることになる。マシューとハンナは紅水晶を発見するが、それを家に持ち帰るという野望を捨てて、結局元の家に帰る。

　こうしてこの物語の8人全員が所期の目的を達成出来ないのだが、この中で作者ホーソーンがその行動を是としているのは、マシューとハンナの場合である。彼らは紅水晶を発見しながらも、自分たちの家にこそ最大の幸福があることに気付き、直ちに野望を捨て、もとの住処へ引き返したからである。作者はこの夫婦に関してのみ、「マシューとハンナは多くの幸福な年月を送った」(Matthew and his bride spent many peaceful years, *CE* 9：

165）と述べている。

　マシューとハンナの場合、最初に野望を捨て、もとの家に帰ろうと提案したのはハンナである。彼女は次のように言っている。

　　　「私たちは道に迷ってしまいました。これでは再び、地上に戻る道を見つけることは決して出来ないでしょう。ああ、私たちの小さな家にいれば、どんなにか幸福だったでしょうに！」(We are lost ... We shall never find our way to the earth again. And oh, how happy we might have been in our cottage! *CE* 9：160)

　これに対して、夫のマシューは次のように答えている。

　　　「家に帰れば幸福になれるよ。ほら、こちらの方向に、太陽が陰鬱な靄の向こうから輝き出している。その助けを借りて、山あいの狭道へと道を辿ることが出来るよ。二人で帰ろうね、おまえ。そして紅水晶のことは諦めよう。」(We will yet be happy there ... In this direction, the sunshine penetrates the dismal mist. By its aid I can direct our courses to the passage of the Notch. Let us go back, love, and dream no more of the Great Carbuncle! *CE* 9：161)

　つまり、この物語において、夫のマシューは、妻のハンナがそれとなく仄めかしたことを素直に受け入れ、それを実行しようとしている。

　先に私は、ホーソーンの作品においては女性は「繋ぎ役」(link)の役目をしており、男性が野望を捨て、女性を受け入れるかどうかが、その人の幸・不幸を占うバロメーターになると言ったが、それはこの作品においても実践されている。あの決定的瞬間において、マシューがハンナの仄めかしに耳を傾けず、例えば作品中の探求者(seeker)のようにあくまで、探求を継続しておれば、その結果がどうなっていたかは推して知るべしである。物語中に登場する探求者、科学者、商人、詩人、貴族、冷笑家は、いずれも独身者のようである。あるいは、妻がいたとしても作者はそれに言及していない。夫婦として描かれているのはマシューとハンナだけである。そしてこの二人だけが、「その後何年も幸福な年月を送った」のである。

この物語を読んで、私達が最初に受ける印象は、「野心」を抱き、その達成に没頭することがいかに危険であるかということであろう。実際、ホーソーンの最大の関心もそこにあるのである。人間は何かの野心に取り憑かれると、全てをそのことのために捧げ、偏執狂となり、世間の常道からはずれてしまう。作者は、そのような人間のありかたに警告を発しているわけであるが、その際に見落せないのは、そのプロセスにおける女性の役割である。人間の野心を描写する際に、ホーソーンは必ず女性を登場させて、はたして「野心」を抱いた人物が、人間の普通の世界への「繋ぎ役」としての女性を受け入れることが出来るかどうかを問題にしている。

　おそらく文学作品におけるこのような女性像は、ホーソーン特有のものではないであろう。ホーソーンが単にその当時の文学的慣習に従ったことは容易に想像できる。先にも述べたように、当時の世間一般の考え方において、男性は「行う人」(doer) であり、女性は「文明化する人」(civilizer) であったわけだから、ホーソーンはそれを文学において実践しているにすぎないとも考えられる。

　確かに、ホーソーンの女性像は古い伝統的な女性像には違いないが、当時は世の中をあげて「社会改革」に取り組み、女性といえば男性に反抗して立ち上がり、古い体制に反発して戦うイメージが横行していた時代であった。そしてそのような女性を主人公にした小説が、当時の多くの女性作家たちによって書かれていた。そのさなかにあって、ホーソーンがあえて一見古めかしい伝統的女性像を提示したことは、当時の社会的風潮への彼なりの「抗議」(protest) であったと考えられる。

第3章 「大望ある客」
——運命の皮肉——

　前章の終わりで、ホワイト・マウンテンズと呼ばれる山脈のある場所に偶然に集まった8人による紅水晶の探求の物語「巨大な紅水晶」("The Great Carbuncle")に言及した。ホーソーンは若い頃に、ニューハンプシャー州の北に広がる丘陵地帯をかなり長期に渡って旅行したことがあった。それでホーソーンはこの場所を舞台にした作品を幾つか書いているのである（「巨大な紅水晶」もその一つ）。そのうちの一つに「大望ある客」("The Ambitious Guest," 1835) という作品がある。

　この作品は「巨大な紅水晶」と同じようなテーマを取り扱っているのでここで考察しておきたい。「大望ある客」は、ホーソーンの作品における女性像を知る上で、「巨大な紅水晶」と同じように興味深い作品である。

　ホワイト・マウンテンズの一角に通称「ノッチ」(Notch [山あいの狭道])と呼ばれる場所がある。ここは、この山を越える旅人が最初に到着する山への入口のような場所である。ここにサミュエル・ウィリー (Samuel Willy) 一家が住居を構えていたが、急に襲ってきた山崩れのために、この一家4人は全員生き埋めになってしまった（1826年8月28日）。これは当時実際に起こった事件である。人里離れた山あいにつつましく暮らしていたこの一家を襲ったこの事件は、当時の人々の同情をおおいにかき立てた。ウィリー一家のこの悲劇は新聞や詩や物語において広く語られ、多くの人々の知るところとなった。ホーソーンの「大望ある客」はこの実話に基づいている。

　風が激しく吹き荒れるある9月の夕方、山道の傍の居酒屋の母屋で、そ

の家族が一家団欒の時を過ごしている。この場所は人里離れたところにあるが、交通の要所であり、山越えをする前に旅人がよく一夜の宿を求めてくる場所である。家族（祖母、主人とその妻、長女それに何人かの子供たち）が炉火を囲んで話していると、一人の若者が一夜の宿を求めて入ってくる。この若者は憂鬱な、塞ぎ込んだ様子であるが、どことなく優しさの漂う、好感の持てる青年である。彼は胸に大きな野望を秘めて諸国を旅している。その野望とは、今は自分は全く無名であるが、将来きっと何か偉大なことを成し遂げ、その後、人知れずに死んでゆく。しかしやがて世間の人々は彼の偉業を発見し、彼の無名の頃の人生の経歴を辿ってそれを記録に残し、彼のために大きな墓を立てるということであった。

　この若者はこのような大望をこの居酒屋の一家に話す。若者の素直さや誠実さに打たれたこの一家は、いつもはそのような大望に満ちた人生とは対照的に、小さな幸せを求めて、つつましい生活を送っているのだが、この時ばかりは皆が自分達の夢や野望について話す。例えば、主人はこのような人里離れた場所に居を構えるのではなく、どこかもっといい場所に農場を持ち、地方の有力者になって地方議会の議員に選出されたい。そして最後は墓に自分の名前が永遠に刻まれるのを見たいと言う。祖母は祖母で、死にゆく女性が一番気にかけることは棺桶の中での自分の衣装が手抜かりなく、きちんと整えられているかということである、だから自分が死んだら、棺桶の自分の姿が自分に見えるように、手鏡を入れておいて欲しいというのが自分の野望であると言う。これらの話を聞いた若者は、結局人間というものは最後には墓や記念碑を欲しがるものだと言う。

　するとそれまで激しく吹いていた風は、急に荒れ狂い、ごうごうという風の音に混じって大きな地響きが聞こえてくる。山崩れの徴候である。居酒屋にいた全ての者はこのような時のために用意しておいた避難場所へと急ぐ。すると山の斜面を流れる大量の土砂は、峡谷に挟まれたこの居酒屋の直前で二手に分れ、居酒屋には何の被害も及ぼさず、家族が避難していた場所の一帯をすべて覆い尽くし、一家と若者を生き埋めにした。

　一夜明けると、居酒屋からは何もなかったように、暖炉の煙が外に立ち

上っていた。犠牲者の死体はどこにも発見されなかった。この事件を知った町の人々はこの哀れな居酒屋の家族の運命を詩に歌い、彼らのことを記憶に留めたが、あの嵐の夜、ここに宿泊し、世間的成功や死後の名声や記念碑を望んでいた例の若者については、誰も何も知らないままであった。

　この物語の土台となったサミュエル・ウィリー一家の不幸な出来事は、当時世間によく知られた事実であったから、それとの比較においてこの物語を読む時、テーマが幾分陳腐であり、登場人物が紋切り型であるように見える。それでこの作品はホーソーンの作品の中でも余り高い評価を受けていないのが現状であろう。
　しかし、よく読んで見ると、この作品は若い未熟な作家には決して書けない味わい深さを持っている。それはこの作品における「象徴」(symbol) の使い方である。最後に皆が生き埋めになって、ここに大きな自然の「墓」と思えるものが出来上がった。これは大望を抱いた若者が一番切望していたものであるが、土砂で出来たこの自然の「墓」は決してその若者のためのものではなく、世間的名声や死後の不滅とは全く無縁の生活をしていた居酒屋の家族のためのものである。ここに人生における「野望」を徹底的に否定し、その空しさを描く作者ホーソーンの皮肉が込められている。
　作者はこの皮肉に満ちた結末に向けて、物語の効果を上げるため、最初から用意周到な準備をしている。そのような目的のために作者がこの作品で用いたイメージは、「埋葬」(burial) のイメージである。物語の最初に一家が居を構えている場所について、作者は次のように述べている。
　　「彼らは寒い危険な場所に住んでいた。というのも、山は彼らの頭上にそびえ、それは非常に険しかったので、石が山肌を転げ落ち、一家を真夜中におびやかしたものだった。」(They dwelt in a cold spot and a dangerous one ; for a mountain towered above their heads, so steep, that the stones would often rumble down its sides and startle them at midnight. *CE* 9：324)
　これは彼らの住居がいつ何時、一家の「埋葬」の場所に変わるかもしれ

ないという作者の暗示である。さらに Notch という言葉自体が「山あいの峡谷」を意味し、「埋葬」のイメージを持っている。

　この後、若者を含めた一家の会話がいかに「埋葬」のイメージで満ちているかは明らかである。若者は「自分の記念碑」(My monument)のことを口にし、居酒屋の主人は死後の「粘板岩の墓石」(slate grave-stone)について語り、祖母までが「遺体」(corpse)や「棺」(coffin)について語るのである。これらは全て「埋葬」のイメージにつながる。居酒屋の外では風がごうごうと唸り、暗い夜を一層荒涼たるものにしている。この山崩れの事故が起きた当日は大雨であり、これが山崩れの原因であった。しかし、ホーソーンはその日の「雨」に関しては全く言及してない。これは、激しい風、転がり落ちる石、それに続く山崩れという「埋葬」のイメージを強調する作者の意図の現れであると考えられる。つまり、この作品は最初から一貫して「埋葬」のイメージのもとに書かれているのである。

　この作品において、さらにまた巧みであると思われる点は、山崩れという出来事が単なる自然現象、単なる偶発的な出来事としてのみ描かれてはいない点である。作品中の「山」は、まるでそれが生きもの、知性を有するもののように描かれている。居酒屋の主人は山に関して次のように言っている。

　　「この古い山が我々に石を投げたのだ。我々が彼を忘れるといけないと思ってな。……あいつは時々頭を垂れ、下に降りて来ようとするのだ。しかし、我々は古い隣人同志であり、お互いにうまくやっているのだ。」(The old Mountain has thrown a stone at us, for fear we should forget him ... He sometimes nods his head and threatens to come down; but we are old neighbors, and agree together pretty well upon the whole. CE 9：326)

　この居酒屋の主人の言葉にもあるように、「山」は he であり単なる「山」ではない。この山は人間たちの死後の名声だとか、不滅の業績だとかいう、身の程を弁えぬ傲慢不遜な発言に耳を傾けているのである。物語中におい

て、若者や家族の誰かが、人間の分を弁えぬ傲慢不遜な発言をするたびに、外では風が激しく吹き、石が落ちてくる。このような描写に接する時、私達読者は万物の神が、奢り高ぶった人間どもに怒りを表し、警告しようとしているのだと感ずるのである。ここまで計算してホーソーンは意識的にこの作品における自然の動きを描いている。

　さて、この物語においてはどのような女性像が提示されているのであろうか。そのために、物語中の年齢にして17歳くらいの長女に目を向けてみよう。あかあかと燃える炉火（ホーソーンにとっては温かい家庭の象徴）の傍らに座った彼女は「17歳の幸福のイメージであった」(image of Happiness at seventeen) と描写されている。不滅の業績や、死後の名声・記念碑について情熱的に語る大望ある若者とは全く対照的に、彼女は次のように言う。

　　「この炉火の傍に座るのが一番いいのです。……そして、世間の誰も私達のことを考えてくれなくても、ここで安楽に暮らし、満足するほうがよいのです。」(It is better to sit here by this fire ... and be comfortable and contented, though nobody thinks about us. *CE* 9：328)

　物語のコンテクストから察すると、この長女の発言は、若者へのラブ・コールなのである。永遠の名声を願って旅する幾分傲慢で、利己的ではあるが、それでいて若さに溢れ、誠実そうなこの若者に、長女は明らかに好意を抱いている。若者の方も、長女のこうした感情に鈍感ではなく、長女の言葉や態度に潜む自分への好意に気付いている。作者はこうした二人の関係について、次のように言っている。

　　「たぶん、愛の芽生えが二人の心の間に生まれようとしていたのだろう。その愛は大変純粋であったので、それはここ地上では実らず、天国において花開くものであった。」(Perhaps a germ of love was springing in their hearts, so pure that it might blossom in Paradise, since it could not be matured on earth. *CE* 9：331)

　意味深長な一文であるが、私達はまたここでも、野心を抱いて諸国を旅

する若者と、その若者を家庭に、そして温かい炉火の傍らに繋ぎとめようとする女性というホーソーンの典型的なパターンに出くわすのである。

この若者と居酒屋の長女の、両者の心に秘めた互いの好意はついに花開くことはなかった。なぜなら、この後まもなく山崩れがおこり、大望をもった若者だけでなく、炉火のもとでつつましい生活を送っていた長女や他の家族の者、全員が生き埋めになったからである。ホーソーンはこの若者に関して次のように述べている。

「彼は広くあちこち独りで旅をしてきた。実際、彼の全ての人生は、独り旅の人生であった。というのも、彼は、彼の性質の尊大な用心深さから、彼の伴侶となりえたかも知れない人々から離れて生きてきたからであった。」(He had travelled far and alone ; his whole life, indeed, had been a solitary path ; for, with the lofty caution of his nature, he had kept himself apart from those who might otherwise have been his companions. CE 9：327)

この若者は今までずっと、伴侶としての女性を避けて来たことが窺われる。この居酒屋での長女との束の間の心の通いあいですら、彼にとっては諸国放浪の一コマにすぎない。夜が明ければまた彼はこの女性を残し、野望の追求に出るのであろう。この若者は自分の自由を束縛されないように、いつも女性を避けてきたのである。その結果は、作品の最後の場面にあるように、その存在すら誰からも思い浮かべられることもなく、惨めに世間から忘れ去られることになった。

このように考えると、野望を追求する若者、それを社会の枠につなぎとめようとする「繋ぎ役」(link) としての女性というイメージはこの作品においても成立している。大望を抱く若者だけでなく、名もなく貧しく清らかに暮らしていた女性や子供たちまで山崩れによって生き埋めにされるのは、物語の筋としては納得しがたいようにも思われる。

しかし、作者ホーソーンの意図はそこにあるのではなく、誰をも等しく襲う運命の過酷さにもかかわらず、謙虚な生活をしていたがゆえに、彼らの悲劇的な死が人々によって詩や歌に歌われ、人々の記憶にとどめられる

ことになったという所にあるのである。そこに作者は一抹の救いを見出しているのであろう。作品の基になったウィリー一家の生き埋めは歴史的な事実であり、最後に土砂が二手に分れたという細部に至るまで正確である。このような事実（fact）に、虚構（fiction）を織り交ぜ、ホーソーンは「野望」のもつ意味、その結果生じる人間の不幸の意味を検討し、運命の皮肉を描いている。

　ホーソーンの妻になった女性、ソフィア・ピーボディ（Sophia Peabody, 1809-1871）はセイレムの歯科医ナサニエル・ピーボディ（Nathaniel Peabody, 1774-1855）の3人娘の末っ子であった。ソフィアはたえず偏頭痛に悩まされ、病気がちであり、男性と付き合ったことなど全くなかったが、ホーソーンを一目見て深く心に惹かれるものがあった。ソフィアは文学や絵の素養が深く、ホーソーンも次第にこの内気で控え目な女性に惹かれていった。
　ソフィアは常に偏頭痛に悩まされ、病気がちであると書いたが、当時の女性は一般に皆病気がちであった。特に適齢期になっても、適当な相手が見つからない女性はたいてい病気になった。現在なら、配偶者がいなくても、未婚の女性達は様々な分野で自由に活動をしてそのエネルギーを発散させることができる。しかし、女性の行動や活動に関して非常に限られた社会通念しかなかった19世紀前半の社会において、適齢期になっても相手のいない女性たちは「病気」に逃げ込むことが唯一の逃避場所であり、救いであった。しかも彼女達は、病気のふりをしたのではなく、本当に病気になったのである。ソフィアは近所の医者で定期的に治療を受け、催眠術の療法を受けた。しかし、結婚してからは、彼女の偏頭痛は癒え、健康になり、3人の子供をもうけるに至った。また、後にイギリス、フランス、イタリア等あちらこちらを、合計8年間にわたって転々と旅行したが、病気になることもなかった。

　ホーソーンの作品における女性像をさぐる時、このソフィアの性格や人

柄を考察することは不可欠であろう。作家の女性観に一番大きな影響を与えるのは、母親に次いで何よりもまず妻だからである。特にホーソーンのように38歳で初めて結婚し、自分が生まれ変わったかのような強いインパクトを感じた男性にとってはなおさらである。

ところが、このソフィアに関しては、ホーソーンの長男のジュリアン (Julian Hawthorne, 1846-1934) がその著作の中で述べているように (Julian Hawthorne, 1884：I, 49)、「顔は生き生きしていて、愛らしい表情で輝いていた」、「笑顔のとても美しい女性」、「彼女の目は優しい光に満ちていた」、「彼女の声は喜ばしい音楽であった」、「彼女の笑みは、穏やかな日光であった」などのような、いわゆる女性をほめる際の「紋切り型」に終始するのである。

ホーソーンはホーソーンで、現存する彼女への手紙、あるいはその他の日記などの資料においては彼女を褒めるばかりである。彼はソフィアのことを「太陽」とか「鳩」とか呼び、たいそう慈しみ大切にしている。しかし、当然のことであるが、長い結婚生活においては、多少の意見のくい違いとか、感情的衝突とか、その他のことがあったのではないかと思われるが、そのようなことが皆無と言ってよいほど表れてこない。

その理由の一つは、ホーソーンの死後、作家ホーソーンの手紙とか日記のような資料はすべて妻ソフィアの所有となり、彼女がそれを夫の死後出版するわけであるが、その際自分にとって不都合なもの、二人にとって不穏当と思われるものは破棄するか、書き換えたことである。これは作家や、その妻の真の姿を理解したいと思う者にとっては、大きな損失である。

ホーソーンは妻ソフィアを心から愛していた。それは疑いのない事実である。ホーソーンは新しい作品を書く度にそれを妻に音読して聞かせ、妻の意見を求めた。妻は正直に自分の感想を述べた。しかし、彼女の意見の多くは、夫の作品を賛美するごくありきたりのものばかりであった。つまり、19世紀中葉の普通の読者の普通の意見である。鋭い直観力を持ち、文学的才能豊かな女性であったならば、遠慮なくホーソーンを批判し、それだけホーソーンの作品は磨かれていったかも知れない。しかし当然のこと

だが、ソフィアはそのような女性ではなかった。だからこそホーソーンは、自分の作品を読んで聞かせたとも言える。そして彼はそれを、彼の作品に対する世間一般読者の反応の尺度とすることができたのである。またそれゆえにこそ、二人は長年仲良く暮らせたのであろう。二人は互いに愛しあい、助けあい、経済的にもおおいに余裕が出来てきた。社会的にも名士になってきた。こうして二人は「お上品な伝統」にどっぷり浸かった夫婦になっていくのである。

　一人の作家が素晴らしい作品を残すにはそれなりの背景が必要である。彼は「産みの苦しみ」とでも表現すべき「悩みの時期」をくぐり抜けなければならない。様々な悩み、自己省察、心の葛藤などから素晴らしい作品の種となるべきアイデアが生まれてくる。ホーソーンにとってその時期は大学卒業後の12年間であったと考えられる。世間の生活の営みから隔離され、疎外され、将来の成功の望みもなく、またいつ理想の伴侶に巡り会うとも知れず、この時期はホーソーンにとって「悩み多き青春」であったに違いない。

　この孤独な期間にホーソーンは、女性についての思いを深めていったのであろう。女性は男性にとってどのような意味をもっているのか、両者の関係はどういうものか、女性の社会における役割とは何であるのかを彼は真剣に考えたにちがいない。ホーソーンの初期の短編に示された女性像の多くは、この時期に彼が女性に関して思い巡らしたことの反映だと考えられる。その意味で当然のことながらホーソーンの家族、つまり母や姉妹などの果たした役割は大きい。

　ホーソーンにはエリザベス（Elizabeth Manning Hawthorne, 1802-1883）という姉とルイーザ（Maria Louisa Hawthorne, 1808-1852）という妹がいた。これに母を入れると、周囲は大体女性ばかりということになる。彼女達はいずれも知的レベルが高く、姉妹はホーソーンと読書情報を交換したり、家族週間新聞「スペクテイター」（*The Spectator*, 1820）を発行したり、

資料集めを手伝ったりして、彼の作家修業を助けている。ホーソーンの姉のエリザベス（愛称イーブ）は、幼い頃は神童と騒がれ、評判の美人であったが、生涯独身であった。彼女は図書館の司書になりたかったという程に知識欲旺盛で、アメリカの政治や社会の現状や世界の情勢に関心が深く、新聞・雑誌等から最新の情報を得ていて、あらゆる社会の重要な問題について、自分なりの意見をはっきり言える知的で識見を備えた女性であった。

　このような女性たち、またその他の周囲の女性たちを通して、ホーソーンは当時のボストンやその近郊のコンコードを中心とする文学界にいざなわれて行ったのである。ホーソーンが、当代随一の才媛と言われたマーガレット・フラー（Margaret Fuller, 1810-50）に出会ったのもそこにおいてである。このような女性達とともに暮らすうちに、ホーソーンは女性に対して、人間的に理解と尊敬を深めていったのであろう。しかし、同時に多少の窮屈さも感じ、用心深くもなったであろう。それも彼の婚期を遅らせた一因であったかも知れない。

　ある一人の男性の「女性観」なるものは何よりもまず、その男性を取り巻く「周囲の女性」によって形成されるものであろう。その意味でホーソーンは、若い時から優れた女性たちによって取り巻かれていたということは重要である。「大望ある客」の中の若い青年は大望を抱きつつも、周囲の人々、特に女性を受け入れ、女性から学ぶ謙虚さに欠けていた。しかし、作家ホーソーンは周囲の女性を受け入れ、人間としての彼女たちに敬意と関心を抱き、彼女達から学んでいった。その点、ホーソーンは優秀な女性達に囲まれ、幸運であった。

第4章 「あ ざ」
―― 永遠の女性 ――

　ホーソーンが39歳の時に雑誌「開拓者」(*The Pioneer*) に発表した作品に「あざ」("The Birthmark," 1843) という短編がある。この作品の主人公エイルマーは有能な科学者であり、科学の力でもってすれば何事も不可能なことはないと信じている。この作品に関する詳細を検討する前に、当時の科学の一般的状況について述べておきたい。この作品の冒頭でホーソーンは、当時は「電気とそれに類似した他の自然界の神秘についての比較的最近の発見が奇跡の領域への道を拓くように思えた時代」(In those days when the comparatively recent discovery of electricity, and other kindred mysteries of nature, seemed to open paths into the region of miracle, CE 10：36) だと言って、科学の進歩に沸き立つ当時の社会の様子を述べている。

　まず、理論科学の分野において、イギリスおよび米国において人々の耳目を集め、科学への信仰を生み出した大きな発見は、ニュートン (Isaac Newton, 1642-1720) による万有引力の法則であった。これは、「二つの物体は、その質量に比例し、距離の二乗に反比例する力でお互いに引きつける」という極めて簡単な法則であるが、この法則で地球をも含めて全ての天体の運行が正確に記述できたのである。19世紀においてフランスのルベリエ (Urban Jean Joseph Leverrier, 1811-77) がその法則を応用し、海王星の存在を予言し、それが実際に発見されるに至って、人々はあらためてニュートン力学の正確さを実感した。

　19世紀前半において理論科学の分野で最も華々しい活躍をしたのはマイケル・ファラデー (Michael Faraday, 1792-1867) であった。ファラデー

は電気と磁気の関係に関する研究をし、今日の電磁気学の基礎を築いた。この分野における彼の最大の発見は、電気は磁気をつくり出し、磁気は電気を生み出すということであった。この発見に基づいて、やがてダイナモ（発電機）が実用化され、現在のような電力が日常の生活に広く利用されるようになった。白熱電球が生み出され、人々の生活が灯油利用のランプから、電気利用の電灯に変わるには、19世紀の終わりのエジソン（Thomas Alva Edison, 1846-1931）を待たなければならないが、それでも電気は種々の分野において実用化が進められ、19世紀の中頃には既に電信機やモールス符号が発明され、瞬時にして遠隔通信が出来るようになった。そして、少し後にはイギリスとアメリカが海底ケーブルで結ばれ、電気通信が可能になった。ホーソーンがこの作品の冒頭に「電気やその他の発見が奇跡の領域への道を拓くように思えた」との記述には上記のような背景があるのである。

ところで、理論科学も当然のことながら、19世紀前半においてアメリカの人々の心を大いに引きつけたのは、科学の応用面であった。当時のアメリカは建国して100年にも満たず、まだまだ西漸運動が盛んな時代であった。多くの移民も含めて、もっとも人々を驚かせ、科学への信頼を増したのは、いわゆる「輸送革命」（Transportation Revolution）と呼ばれるものであった。当時の主な動力は人力や馬であった。特に、馬は動力として農業をはじめ、生活のあらゆる分野において広く使われた。

ところがこの馬に代わって、ジェイムズ・ワット（James Watt, 1736-1819）の発明になる蒸気機関が利用されるようになった。その結果、馬に代わって、機関車や蒸気船が走ることになった。あちこちに鉄道が建設され、運河がはりめぐらされ、ほとんど一世代のうちに人々は自分たちの生活が根本的に変わるのを目のあたりにすることになったのである。これが「輸送革命」である。特に19世紀の中頃に起こった南北戦争はこのような動きに拍車をかけた。

当然のことながら、このような著しい社会の変化は、作家ホーソーンに

影響を与えることになり、ホーソーンは様々な作品において、このような機械のもつ利点と、それらが人間性に対してもつ危険性を描写した。特に鉄道はホーソーンの想像力を大いにかき立てた。ホーソーンにとって鉄道は当時の社会の「進歩」の象徴であった。たとえば「天国行き鉄道」("The Celestial Railroad," 1843) という作品の中で、ホーソーンは昔のように徒歩で荷物を背負って苦労しながら、天国への道を歩む巡礼と対比して、鉄道列車に乗って、何の苦労もせず、気楽に天国に行こうとする当時の皮相的な宗教者を批判した。ホーソーンは機械のもつ正の面（時間・労力・費用の節約等）は十分に理解していたが、それが持つ負の面にも注意を向けたのである。

　このように当時は、進歩に向かって突き進む、まさに科学万能の時代であった。さらに、これらにもまして作家ホーソーンの関心を引きつけたのは、いわゆる疑似科学 (psuedo-science) であった。疑似科学といっても、全てがいかさまというわけではないのだが、当時はこの疑似科学が大衆の人気を博し、もてはやされた時代であった。例えば、催眠術 (mesmerism) である。これは明確な科学的事実であり、「疑似科学」ではないが、当時はこの催眠術を利用して、死者との魂の交信をする招魂術 (necromancy) とか、失せ物をたちどころに見つける千里眼 (clairvoyance) といったようなことが行われた。そして、人々はこのようなことをまじめに信じて、恐れ慄いた。ホーソーンもそのような一人であった。

　彼は催眠術に非常な興味を示し、常に偏頭痛に悩まされていた妻の病気を催眠術を利用して治そうとしたこともあったが、後にそれに反対した。さらに疑似科学の例は骨相学 (phrenology) である。これは人の顔の骨格から、その人の性格や人格を知ろうとするものであり、元来無害なものであったが、これで人の将来や運命までも占えると考えられた。ホーソーンの妻ソフィアはこの骨相学に凝った。

　疑似科学の流行に便乗して活躍したのが大勢の香具師たちである。ニューイングランドの各地には、科学の知識の普及や人々の啓蒙を目的として、文化会館があちこちに建設され、これらは当時「ライシアム」

(lyceum) と呼ばれた。香具師たちは、これらライシアムを渡り歩き、疑似科学を利用して一儲けしようと企んでいた。催眠術や招魂術以外にも、人間の体を自由自在に透して見ることが出来る機械ができたとか、テレパシーで遠方の人と意思伝達ができるとか、重い物体を宙に浮かしてみせるとか、その他考えうるかぎりの奇妙な事柄が香具師たちによって主張され、実演された。

　中でもとりわけ、ホーソーンの注意を引いたのは香具師たちが売り歩いた「不老不死の薬」(elixir of life) であった。ホーソーンは殊の外これに惹かれ、未完成に終わった作品の一つにはこの題名がつけられている。この章で考察しようとしている作品「あざ」は、主人公の科学者が「あざ取り薬」によって、妻の顔のあざを除去しようとする物語であるが、これとても、当時このような薬を売り歩いていた香具師たちがいたのであろう。

　以上がホーソーンの短編「あざ」に関する時代的背景であるが、それに関連してさらにもう一つ付け加えておきたいことがある。それは当時の人々の錬金術 (alchemy) への関心である。錬金術とは鉄や鉛のような金属を完全な貴金属（金）に変えることであるが、これが人間に応用されると、不完全な人間を完全な人間に変えることが可能であると考えられた。この点で錬金術は「不老不死」と密接に係わりを持つのである。現在ではこのようなことは、途方もない妄想であり、鉛を金に変えることなど到底出来るものではないことは常識である。

　しかし、当時は錬金術の研究に伴う化学の発展とその応用への熱狂ともあいまって、錬金術はかなりの度合いをもって、その実現が信じられていたのである。特に科学界の重鎮であったニュートンが錬金術に凝り、庭に離れ屋を建て、夜な夜な錬金術に精を出していたことは、よく知られた事実である。そういった理由もあって、人々は錬金術への期待をいっそう膨らませた。

　市川真澄氏は、その論文「ホーソーンの『あざ』におけるエイルマーの錬金術」において、当時の上記のような科学界の状況を述べ、主人公エイ

ルマーのやろうとしていることは、鉛[不完全な人間]を金[完全な人間]に変えようとすることであり、彼は錬金術師と同じことをしているのだと指摘している（市川真澄、1999：139-148）。

「あざ」において、作者ホーソーンは、妻の頰のあざを除去しようとする主人公エイルマーを、その知識と学問への傾倒によって、比類なき科学者として描いている。エイルマーの妻ジョージアナは全く偶然にも、エイルマーの実験室に保管されていた日記を読むのであるが、そこに記された夫の科学にかける情熱、真実を求めての悪戦苦闘の有り様を知って愕然とする。そして彼女は、科学への崇高な愛に満ちた夫をこれまでにもまして尊敬し、夫への愛を深くし、涙さえ流している。「あざ」という作品は、そのような止まることのない科学への愛と女性への愛の不用意な結合が生み出した悲劇である。

まず、この作品を概観してみよう。「電気やその他の自然の神秘に関する発見が奇跡の領域への道を拓くように思えた時代」に、自然科学のあらゆる分野に通じ、卓越した科学者であるエイルマーはジョージアナという美しい女性と結婚した。彼女は、その美しさ、優しさ、賢明さにおいて当時の女性の美徳の全てを備えた完全無欠な女性であった。

しかし、その彼女にも一つの欠点があった。それは、左の頰の「人間の手の形をした」(in the shape of a human hand) 小さなあざであった。その大きさは、ジョージアナが「2本の小指の先で隠せるくらいの小さな、小さなもの」(little, little mark, which I [Geogiana] cover with the tips of two small fingers, *CE* 10：41) であり、また頰の色と極めて類似しているため、通常では目立たず、妻の頰が青ざめたり、白くなった時に目立つぐらいのものであった。

ところが、完全主義者であり、理想主義者である夫のエイルマーは、結婚前には意識しなかったこの小さな欠点に、結婚後まもなく気付き、日毎に我慢ならなくなるのである。彼にとって、ほとんど完璧な美を備えていると思える彼の妻のこのあざは、日に日に嫌でたまらないものになり、彼

にとってこのあざは、この世の「不完全さを象徴するもの」(symbol of imperfection, *CE* 10：39)、「恐怖と嫌悪の対象」(object of horror and disgust, *CE* 10：41) になってしまう。

　ついにある日、彼は妻にこのことを話し、科学の力でこのあざを取り除くことを提案する。夫から彼の困惑を打ち開けられた妻は当然のことながらショックを受け、心傷つき、悲しむのであるが、夫が自分のあざを心底から嫌悪し、その除去を夢にまで見るに至って、ついに夫の提案を自ら進んで持ち出し、除去を申し出るのである。彼女は次のように言っている。

　　「あなたには2本の小指の先で隠せるくらいのこの小さな小さなあざを取り除くことがお出来にならないでしょうか！　あなた自身の心の平安のために、そしてあなたの哀れな妻を狂気から救うために、私のあざを取り除くことはあなたの力の及ばないことでしょうか」
　(Cannot you remove this little, little mark, which I cover with the tips of two small fingers? Is this beyond your power, for the sake of your own peace, and to save your poor wife from madness? *CE* 10：41)

　この申し出を聞き、狂喜して妻を賛嘆するエイルマーに、彼女は次のように答える。

　　「エイルマー、たとえこのあざが、最後に私の心臓の中に逃げ込んでいることが分かったとしても、決して追求の手を止めないで下さい。」
　(And, Aylmer, spare me not, though you should find the birth-mark take refuge in my heart at last. *CE* 10：42)

　ここで彼女が暗示していることは、そのような計画は不可能であり、必ずや自分の死につながるということであろう。「心臓の中に逃げ込む」とはそのことを表している。既にこの時点で、ジョージアナは自分の死を予感しているのである。エイルマーにとって、あざは単なる表面的な現象であり、それは簡単に薬で、科学の力で除去できるはずのものである。これに対し妻のジョージアナはこの問題の根の深さ、複雑さ、人間の知恵の小賢しさを本能的に感じ取っている。

　比類なき科学者であるエイルマーは次第に、一見表面だけのもののよう

に見えたあざが、実はジョージアナの命の中にまで深く食い込んでいることを知る。彼は次のように説明する。

「それでは、教えてあげよう、この真っ赤な手形は、表面だけのもののように見えるけれど、私が今まで考えたこともなかった位の力で、君の命の中に食い込んでいるのだ。私はすでに、君の身体の組織をすっかり変えてしまうこと以外なら、どんなことでもできる程強力な薬をいろいろと与えてきた。もうただ一つの処置しか残っていない。」
(Know, then, that this Crimson Hand, superficial as it seems, has clutched its grasp into your being, with a strength of which I had no previous conception. I have already administered agents powerful enough to do aught except to change your entire physical system. Only one thing remains to be tried. *CE* 10：51-52)

つまり一つ残された処置というのはジョージアナの身体の組織を変えることであった。これは同時に、科学の理想の追求という名において現在の彼女を抹殺することに他ならない。

この点に特に注目して、エイルマーに対する従来の理想主義・完全主義の挫折という読み方を、ジュディス・フェタリー（Judith Fetterley）は、フェミニスト的視点から解釈し直している。彼女は次のように指摘している。この作品において、「憎しみは愛に偽装されることができ、ノイローゼは科学に偽装されることができ、殺人は理想に偽装されることができ、そして成功は失敗に偽装されることができる。」(hatred can be disguised as love, neurosis can be disguised as science, murder can be disguised as idealization, and success can be disguised as failure. Judith Fetterly, *Critical Assessments*, 1991：Vol. 4：192)

全ては、誰も反論しようのない「美名」、すなわち、男性がつくり出した「大義名分」のもとに行われ、その犠牲者が女性ジョージアナである。一般に、フェミニスト的視点からの批評は、あらゆる事象にひそむ「差別的側面」を浮き上がらせてくれるので、非常に参考になる。

いずれにせよ、エイルマーはこの企てに含まれる危険性を十分に認識し

ていた。さらにそれに伴う罪悪感もうすうす感じていたのである。それで幾分弱気になった彼は、この危険性を妻に知らせ、警告する。しかし、ここでジョージアナは逆にエイルマーを励まし、理想への追求をやめないようにと夫に訴える。そして、自ら薬を飲むことを提案することによって、妻に対する夫の密かな罪悪感を取り除きさえするのである。

多くの研究と実験の後、ついにエイルマーは「水のように無色であるが、不死の薬と言ってよい程の輝きをもつ液体」(a liquor colorless as water, but bright enough to be the draught of immortality. *CE* 10：52-53) であるあざ取り薬を作り上げ、それを妻に飲ませるのであるが、その前に彼は一つの実験をする。彼は窓下の腰掛けの上に置いてあったジェラニュームにその液体の一滴を垂らした。すると、今まで斑点があり、元気がなかったジェラニュームが急に生気を取り戻し、青々とした葉をつけたのである。しかし、これは植物に対する実験の結果であり、人間に対しても同じ効果を持つかどうかは未知数である。

それにもかかわらず、ジョージアナは自らすすんで、このあざ取り薬を飲む。彼女がその薬を飲んでしばらくすると、その薬は効果を表し始め、ジョージアナの頬のあざは次第に消えていくのである。それを見て夫は、「成功だ！　おまえは完全だ！」(It is successful! You are perfect!) と、狂喜して叫ぶのであるが、それは、はかない勝利でしかなかった。死に際にジョージアナは夫に次のような言葉を残す。

　　「私のかわいそうなエイルマー、あなたは崇高な望みを抱いてきました。あなたは気高い仕事をしてきました。そのようにも高尚な、そして純粋な感情でもって、あなたはこの世が与えることのできた最も良いものを拒否してしまったことを後悔しないでください。エイルマー、私は死んでいきます。」(My poor Aylmer ... You have aimed loftily! ——you have done nobly! Do not repent, that, with so high and pure a feeling, you have rejected the best that the earth could offer. Aylmer ... I am dying! *CE* 10：55)

今まさに死なんとする者が残される者の心の痛みを思いやり、慰めの言

葉をかけているのである。はたしてジョージアナのこのような無我の愛がエイルマーに伝わり、彼の魂を救ったであろうか。

そして作者自身がこの物語に対して、次のような「モラル」を残している。

「エイルマーがより深い知恵を有していたら、彼は、天国の布地と同じ布地で、彼の地上の生活を編んでくれたはずの幸福を捨てることもなかったのだ。目先の状況が彼にとってはあまりに強過ぎた。彼は時間の影のような範囲を越えて物を見ることが出来ず、決然と永遠に生きて、現在の中に完全な未来を見ることが出来なかったのである。」
(Yet, had Aylmer reached a profounder wisdom, he need not have thus flung away the happiness, which would have woven his mortal life of the self-same texture with the celestial. The momentary circumstance was too strong for him ; he failed to look beyond the shadowy scope of Time, and living once for all in Eternity, to find the perfect Future in the present. CE 10：56)

ホーソーン的コンテクストにおいては、「時間」とは人間が俗世間の中で、ただ便宜的に、近視眼的に生きることをを意味し、「永遠」とはそのような物質的、俗世間的迷いの世界から脱け出して、不変の真理、永遠の真理の世界に生きることを意味している。つまりエイルマーはジョージアナの肉体のわずかな不完全さのみに心を奪われ、それにとらわれて、ジョージアナの魂の完全さ、神々しいまでの無我の愛を見ることが出来なかったのである。作者はこの点においてエイルマーを断罪している。全てにおいて曖昧な態度をとることの多かった作者ホーソーンだが、ここでは極めて明白に自分自身の意見を述べている。

さて、この「あざ」において、ホーソーンはいかなる女性像を展開しているのであろうか。作中におけるジョージアナは非常に貞淑で優しく、思いやりに満ち、思慮深い女性として描かれている。これに対し、夫エイルマーは妥協をしない積極的、行動的な男性として描かれている。あざの除

去を提案したのは夫であり、そのための薬の開発に苦心惨憺するのも夫である。また理想と野心に向かって邁進するエイルマーは全ての事柄に関して、激しく情熱的な言葉を次々に述べ、雄弁であり、決して自分の能力に疑問を持とうとしない。対照的に、妻はいつも素直に夫の意見に耳を傾けながら、その計画の無謀さ、冒瀆的行為の懸念を感じながらも、夫の心を思いやりつつ、自分の立場から妥当と思われる意見を述べている。これもまた典型的なヴィクトリア朝の女性像である。

しかし、全てを知りつつ、「夫のために」死んでいったジョージアナは、単にヴィクトリア朝の女性像以上のものを備えていると考えられる。それは、西洋文学に連綿として流れている「永遠の女性」（eternal woman）の伝統である。トマス・インモース（Thomas Immoos）によると「永遠の女性」は、その源を聖母マリアに発していると指摘している。そして、インモースは次のように述べている。

「マリアは、人祖イヴが失った女性の地位を回復して……至福を与える者の座、高きへ引きゆく者の座、永遠の理想の座、不滅の女性の座を取り戻した。そして中世の神学は『男は女性によってのみ作られる』という言葉を残した。この思想は、ゲーテの『永遠に女性的なるもの、我等を引きて高みにのぼらせる』のうちにその余韻を響かせている。」（トマス・インモース、「聖母マリア——その主題と変奏」『西洋文学の諸相』、1974：103-104）

この「永遠の女性」の系列に属する女性としては、ダンテのベアトリーチェ、シェイクスピアのコーデリア、それに上記で言及されているゲーテのグレートヒェンなどがいる。

ホーソーンが愛読した西洋文学の一つにゲーテ（Johann W. von Goethe, 1749-1832）の『ファウスト』（*Faust*, 1808-31）がある。天上において神と天使（実際には悪魔）の賭け事の対象にされたファウスト博士は、地上に降りてきた悪魔の化身であるメフィストフェレスによって、この世のありとあらゆる快楽や悪徳に身を染める。そして、ファウストの魂が地獄に行く寸前に、かっての恋人グレートヒェンによって天国に救われるのである。

ホーソンの「あざ」に出てくるジョージアナは、確かに、夫のエイルマーを救い、「高きへ引きゆく者」にはなれなかったが、その気高い自己犠牲の精神において「永遠の女性」の伝統に連なる資格がある。ホーソンは西洋文学の伝統をよく踏まえた上で、彼の女性像を展開しているのである。

　ウィリアム・B・スタイン（William B. Stein）によると、ホーソンの作品における幾人かの女性がこのパターンに従っていると指摘している。スタインは次のように述べている。

　　「［『あざ』における］ジョージアナは、エイルマーを真理に導くために自ら進んで死を選ぶにもかかわらず、ジョージアナは、キリストが明らかにそうであったように、彼女の任務において失敗している。かくしてホーソンは、科学的完全主義は、その究極目的を人間愛から切り離そうとする限り、自らを滅ぼすであろう、と警告しているのである。」(Though [Georgeana] voluntarily chooses death in order to guide Aylmer to truth, she fails in her mission, as Christ has apparently failed. Thus, Hawthorne warns that scientific perfectionism will destroy itself as long as it persists in separaring its ultimate aims from human love. William B. Stein, 1968：148)

　ジョージアナの死後、エイルマーはどうなったのであろうか。世の中には「完全」などということはありえないこと、特に神ならぬ人間について「完全」を期待することは神を恐れぬ傲慢であること、また、いかに人間の知恵や知識が発達しても、それにはおのずと限界があり、人間がその小賢しい知恵で神になり代わって行動しようとする時、人間は大きな間違いを犯すものであるということを、彼は悟ったであろうか。そして何よりもエイルマーは、ジョージアナのあざの中に見た不完全さは、実はエイルマー自身の不完全さに他ならないということを悟ったであろうか。ジョージアナは自分の死をもって夫の間違いを諫めた。彼女はヴィクトリア朝の女性の理想像である「愛の天使」であり、真の意味での「シビライザー」であり、また西洋の伝統である「永遠の女性」に連なる女性である。

一説によると、「あざ」の主人公エイルマーは、「コンコードの聖人」と称されたエマソン（Ralph Waldo Emerson, 1803-1882）をモデルにしていると言われている（Agnes Donohue, 1985：187）。もちろん、エマソンは詩人・思想家であり、科学者ではないが、彼の人間や自然に対する信頼、学問への飽くなき傾倒、現状に満足することなく常に改革を目指した点において、彼は極めてエイルマーに似ている。

　さらにその他の類似点を指摘すれば、それは主人公エイルマーの室内装飾への好みであろう。エイルマーは、実験に先だって妻を「婦人用私室」（boudoir）に案内している。そこは、美しい家具調度類で幻想的に装飾が施され、いかにも「婦人用私室」に相応しい部屋である。長年化学的実験に従事してきて、手を汚すことの多い仕事をしてきたエイルマーがこのように美しい部屋を用意しているとは大きな驚きである。よく知られた事実であるが、エマソンは絵画や彫刻の愛好者であった。コンコードの彼の館は美術品で美しく飾られ、訪問者に深い印象を与えた。「あざ」の中のエイルマーは確かにエマソンを彷彿とさせるものがある。

　エマソンは当時のイギリスの文学的・思想的状況に通じており、ワーズワス（William Wordsworth, 1779-1850）やコウルリッジ（Samuel T. Coleridge, 1772-1834）、そしてとりわけ、カーライル（Thomas Carlyle, 1795-1881）との交友を通して、「トランセンデンタリズム」（Transcendentalism）という考え方を提唱するに至った。トランセンデンタリズムは、アメリカにおけるロマン主義の一形態である。それは自然の中に霊的な存在を認め、人間は直観力を用いて自然から偉大な知恵を学びとることが出来るとしている。また、人間には生まれながらにして「理性」なるものが内在し、人間はこの力でもって自然と交わることができると考えた。これらはいずれもイギリスのロマン主義的傾向に一致している。

　アメリカにおけるトランセンデンタリズムを特徴づけているのは、その「改革」への傾向である。トランセンデンタリズムの信奉者たちは、当時エマソンのリーダーシップのもとに大いなる社会改革に乗り出した。エマソンは、「ダイアル」（*The Dial*）という雑誌に、「社会改革者としての人間」

("Man the Reformer") と題する論考を書いて、「人間は社会改革者、人間は人間が作った諸制度を改革する者、嘘や偽りを放棄する者で、真理や善を回復する者になるのでなければ、何のために生まれてきたのか」(What is a man born for but to be a Reformer, a Re-maker of what man has made ; a renouncer of lies ; a restorer of truth and good ... Ralph W. Emerson, *The Dial* (April, 1841), reprint in 1999, Vol. 1 : 534) と述べている。

「あざ」の主人公エイルマーがエマソンをモデルにしているということになれば、「あざ」という作品は当時のロマン主義、あるいはそのアメリカ的表現であるトランセンデンタリズムへのホーソーンの批判の書として読むことも可能である。

　本章は，『英詩評論』（第16号、中国・四国イギリス・ロマン派学会発行、2000年）に発表したものに加筆・訂正したものである。

第5章 「ラパチーニの娘」
── 破滅の女性 ──

　前章「あざ」において、ジョージアナの役割を考察することによって、彼女が「シビライザー」(civilizer)としての女性、また、西洋文学における「永遠の女性」(eternal woman)の伝統上にあることに言及した。そこで、それに深く関連のある作品をここで取り上げておきたい。それは「ラパチーニの娘」("Rappaccini's Daughter," 1844)という作品である。この作品がホーソーンの他の作品に比べて異質な点は、その舞台がニューイングランドを離れて、遠くイタリアに移っていることである。具体的にはパデュア、現在のイタリア北東部の町パドバを舞台にしている。一体何故作者はイタリアを舞台に選んだのであろうか。ニューイングランドを舞台にして、身近な場所で起こった出来事を描くことをホーソーンは文学的信条の一つにしてきたのではなかったのか。何故この作品に限って、突然イタリアを舞台にしなければならなかったのであろうか。この検討から始めたい。

　アメリカは19世紀前半において、まだアメリカ独自の文学を持っていなかった。「アメリカ文学」(American Literature)という言葉さえ一般に馴染みのあるものではなかった。もちろん、ホーソーンが生きていた時代に「アメリカ文学」なるものが、イギリスからの文化的独立においても必要であり、それを確立する必要があることは心ある人々に十分認識されていた。「国民文学運動」(literary nationalism)が始まるのもこの頃である。しかし、一体どのようにして「アメリカ文学」なるものを作り上げていけばよいか、に関しては、「スコットを参考にして、それからアメリカ的なもの

を考える」という以外に、「アメリカ文学」の方向性が定まっているわけではなかった（Neal F. Doubleday, "Hawthorne and Literary Nationalism," 1941 を参照）。

　さらに当時の出版界の状況も考えてみなければならない。多くの出版業者にとって、その本を買う読者がいるという保証もない、無名のアメリカ作家の作品を印刷することは大変な冒険であった。このような状況において、彼らが取った唯一安全な方法は、既に名声の確立したイギリス作家の作品、しかもよく知られた作品を印刷することであった。当時のアメリカにおいては、職業作家になる道はまだ確立されておらず、文化と言えばそれは即イギリスの文化のことであった。ブランズウィックのボウドン大学に在学中、既に作家になる決意を固めていたホーソーンは、大学を卒業しても何ら定職を持つことはなく、時々短編を書いてはそれを雑誌に投稿していた。そして、それらをまとめて『陳腐な物語集』（*The Twice-Told Tales*, 1837）として出版するわけであるが、それは自費出版であった。出版に関しては、ホーソーンの大学時代の友人であるホレイショー・ブリッジ（Horatio Bridge, 1806-1893）がその費用の支払いを保証した。

　この短編集において、ホーソーンを特に評価すべき点は、上記のようなアメリカにおける文学的状況にあって、彼が大衆におもねることなく、作家として「我が道」を行くことに徹したことである。その「我が道」とは、アメリカという場所において、アメリカ人を題材にした話を書くということであった。たとえ、それがどのように些細なことであれ、どのようにとりとめもないことであっても、彼はつとめて身の周りのこと、近所に起こったことに題材を求めたのである。

　そして、創作にあたっては自分の書くものを二種類に分けた。多少とも物語の体裁を有しているものには「物語」（tales）という名前を、また単なる感想のごときものには「素描」（sketches）という名前を与えた。この時点で、既にホーソーンには、「アメリカ文学」という意識が脳裏にあり、いまやアメリカは「国民文学」が必要なのだと十分に認識していた。そして、彼は祖国アメリカの諸々の事柄（特に、その歴史）を題材にし、そこから出

発して、彼は次第に「歴史」を背景に追いやり、人間の心、人間の内面の問題へと彼の文学の焦点を絞っていったのである (Doubleday, "Hawthorne and Literary Nationalism," 1941：451)。

そのような彼が第2の短編集である『古い牧師館の苔』(*Mosses from an Old Manse*) の中の作品の一つ、「ラパチーニの娘」においてイタリアを舞台にしたのは、それなりの理由があったと思われる。この作品の冒頭で作者は次のように言っている。

「この一族の先祖の一人は、『地獄編』において永遠の責め苦を受けるものとしてダンテによって描かれていた。」(one of the ancestors of this family ... had been pictured by Dante as a partaker of the immortal agonies of his Inferno. *CE* 10：93)

ここで作者がいう「一族」とは、この物語の主人公である青年ジョバンニが医学を勉強するためにパデュア大学に来た時、滞在することになった下宿の所有者のことである。

ダンテ (Dante Alighieri, 1265-1321) はもちろん『神曲』(*The Divine Comedy*, 1304-1321) という壮大な詩編を書いたイタリアの国民的詩人である。そしてホーソーンはダンテの作品の熱心な愛読者であった。

その『神曲』の冒頭において、ダンテは35歳になったある日、偶然暗闇の森に迷い込み、やっとの思いでそこを抜け出す。ほっとする間もなく行く手を3匹の獣に阻まれ、途方にくれてしまう。すると、詩人ヴィルギリウス (Virgil, 70-19 B.C.) が突然現れる。その出会いが契機となり、ダンテは彼に伴われて彼岸の世界を旅して巡ることになる。最初二人が行くのは、地獄界であり、ここには古今東西の悪人や殺人鬼などが無間地獄において責め苦を受けている。そこを通り抜け、次に二人は煉獄界にやってくる。そしてダンテは煉獄の中を旅し、多くのことを経験する度に彼の魂が次第に浄化されていく。二人が旅を続け、ついに天国界の入口に達したとき、ヴィルギリウスは、「もう私の役目は終わった。ここからはベアトリーチェに案内してもらうがよい」と言って同行を断るのである。

やがてベアトリーチェが天国から現れ、彼女の案内と善導を通して、ダンテは無事に天国に誘われる。ベアトリーチェはかってのダンテの恋人であり、ダンテの魂の救済のために最後に霊魂となってダンテを導くために現れたのである。この物語の要点は、詩人ヴィルギリウスが苦労してダンテを導きながらも、一番肝心なところでそれ以上の道案内を断り、ベアトリーチェという女性にその役を託す点にある。

　ところでジョバンニ青年が宿泊することになったダンテゆかりのこの館は、立派な庭園を所有するラパチーニ博士の屋敷に隣接している。博士には一人の娘がおり、当然のことながら、ほどなく、ジョバンニはこの娘と出会うことになる。そしてその娘の名前が「ベアトリーチェ」なのである。ダンテに言及し、ベアトリーチェという女性を登場させることによって、ホーソーンは先の「あざ」においてと同様、男性の魂を天国に誘う役としての女性の話をしようとしている。だからこの話の舞台は是非ともイタリアでなければならなかった。

　以下にストーリーを簡単に概観してみたい。ハンサムな青年ジョバンニはイタリア南部からイタリア北東部の町パデュアのパデュア大学に医学を勉強するためにやってきた。彼が下宿先として選んだ家は、昔のイタリア貴族の館であった。その屋敷は堂々たる門構えであり、古い家柄を示す紋章まで残っていた。その二階の下宿部屋から下を見下ろすと、眩いばかりに絢爛たる庭園が広がっていた。その庭園の所有者はパデュア大学の医学の教授であるラパチーニ博士であり、その庭は彼が娘ベアトリーチェと住む邸宅の薬草園であった。ラパチーニ博士は医学、特に薬草学の権威であり、この方面の研究においては彼の右に出る者はいなかった。その薬草園にはあらゆる珍しい薬草、奇妙な植物、豪華絢爛とした花々、潅木がところ狭しと植えられており、見る者を驚かした。庭の中央には大理石で囲まれた噴水があり、その中の一本の潅木は陽の光とまごうばかりの絢爛豪華な紫の花をつけていた。この庭は、ラパチーニ博士が彼の薬草の研究をするための実験用の庭園であった。

この庭に興味をかき立てられたジョバンニが二階の窓から庭を見下ろしていると、一人の若い女性が現れた。彼女はラパチーニ博士の一人娘のベアトリーチェである。普通の女性とは比較にならぬ程、彼女は生気に溢れており、丁度この庭の中央にある噴水の中の絢爛豪華とした潅木の花のように、輝くばかりに美しく、みずみずしかった。さらに彼女の服装は、そのような彼女の雰囲気を一層高めるかのように色鮮やかなものであった。ジョバンニ青年はこの女性を一目見るなり、すっかり心を奪われてしまう。女性の方もこの青年のギリシャ彫刻のような美貌に一目で好意を持つ。やがて、二人は相思相愛の仲となる。
　ところが、このベアトリーチェは世にも不思議な女性であり、幼い時から父親によって毒で育てられ、彼女自身がこの世でもっとも強力な恐ろしい毒と化し、彼女に触れるものは、それが人間であれ、昆虫であれ、たちどころに死んでしまうのである。この女性は病気に対して不死身であり、あらゆる生物に対して無敵の存在であった。ラパチーニ博士が科学の力で自分の娘をそのようなものに改造したのである。
　パデュア大学医学部におけるジョバンニの指導教授はピエトロ・バリオーニであった。この教授は温和な性格ではあったが、医学部においてはラパチーニ博士と激しく対立していたのである。彼はジョバンニがこともあろうにベアトリーチェと交際しているのを知ると、ベアトリーチェに関する秘密――彼女自身が恐ろしい猛毒であること――をジョバンニに知らせ、ジョバンニ自身もラパチーニ博士の実験材料にされているのだと断言する。そして自分が作った解毒剤をジョバンニに渡し、これがジョバンニとベアトリーチェの両方を救う唯一の方法だと告げる。
　当初はバリオーニ教授の言葉が信じられなかったジョバンニだが、ベアトリーチェを観察しているうちにそれが真実だと悟る。そして彼自身も彼女の毒の影響を受け始めていることを発見して、大いにショックを受ける。そして彼は彼女への怒りに駆られるが、それも治まると、教授より受け取っていた解毒剤をベアトリーチェに渡し、二人でこれを飲み、毒から解放されて幸福になろうと提案する。解毒剤の入った小瓶を渡されたベア

トリーチェは、「まず最初に私が飲みますから、貴方は待って様子を見ていてください」と提案する。そして解毒剤を飲み、ベアトリーチェは死んでいく。死に際に彼女は、「私はただ愛されたかっただけです。ああ、初めから、私よりもあなたの中により多くの毒があったのではないでしょうか」(I would fain have been loved ... Oh, was there not from the first, more poison in thy nature than in mine? *CE* 10：127) という言葉を残す。この一部始終を二階の窓から見ていたバリオーニ教授は、恐怖の入り交じった勝ち誇った声で、「それでラパチーニ、ラパチーニ、これがあなたの実験の結果なのかね？」(Rappaccini! Rappaccini! And is *this* the upshot of your experiment? *CE* 10：128) と叫ぶのである。

　この物語には、前章で考察した「あざ」と決定的な相違がある。それは「あざ」においては、ある科学者（エイルマー）が知的傲慢の罪を犯す過程、つまり彼の妻ジョージアナの改造を通して、彼が万物の造物主たる神に逆らって行動する過程が描かれている。一方「ラパチーニの娘」では、その罪が犯された結果、つまり改造されて毒人間と化したベアトリーチェの運命が描かれている（元田脩一、『アメリカ短編小説の研究――ニュー・ゴシックの系譜』、1972：72 参照）。

　それにもかかわらず「あざ」と「ラパチーニの娘」の両者はその構造において多くの類似点を持っているのである。それらは(1)ベアトリーチェもジョージアナも一つの醜い欠陥（前者は毒、後者はあざ）を有している。(2)最後の場面で両者とも自分から進んで薬を飲み、死んでいく。(3)両者とも意図したわけではないが、結果的には相手の男性の非を諌める働きをしている。

　「ラパチーニの娘」の物語の最後の部分は非常に感動的である。「初めから私よりもあなたの中により多くの毒があったのではないでしょうか」というベアトリーチェの言葉は一見正当化されるように思える。もしジョバンニがもう少し思慮深く、慎重に行動していたら、ベアトリーチェは死なずに済んだかも知れない――そのように読者は思ってしまう。ベアトリー

チェのジョバンニに対する愛は一途であり、彼女の心は純粋そのものであった。また、この女性の名前が「ベアトリーチェ」であることも、当然のことながら、ダンテの「天国編」の中で、彼の魂を天国に導くベアトリーチェの役割を連想させる。ジョバンニは、せっかく将来、自分の魂を天国に誘ってくれるはずであった素晴らしい女性を、自分の近視眼的性格と行動のゆえに失ってしまったのである。このような感想を読者は抱いてしまう。

　上記のような「永遠の女性」(eternal woman) という作品の読み方は、「あざ」の場合には確かに成立した。ジョージアナは夫エイルマーにとっては「永遠の女性」であった。なぜなら、エイルマーは妻のあざを「取り除かない」という選択肢があったのであり、彼がそれを取り除くか否かは、まったく彼の自由意志に任されていた。そして、彼は自分でそのあざを取り除くことに決めた。そして私達読者は彼のその決定が、いかに狭い料簡に基づいて行われたかを知っている。彼は妻のあざといくらでも共存でき、それを甘受し、幸福になれたはずである。常軌を逸していたのは、エイルマーの完全主義、理想主義、科学の力への過信であった。彼はその理想主義に加えて、傲慢の罪も犯したのである。そして、ジョージアナは、夫のそのような限界を本能的に認識しながら、なおかつ夫に理想を追求させるために、自分から志願してあざ取りの薬を飲んだ。これは自らには何も求めず、夫にひたすら尽くす、完全な自己犠牲と言える。

　これに反して、ジョバンニの場合は、ベアトリーチェに会った時には、全くとまでは言わないまでも、もう余り選択肢はなかった。確かに、物語の最初のあたりで作者は、「もしジョバンニの心がなんらかの本当の危険に瀕しているのなら、ジョバンニにとって最も賢明なとるべき進路はこの下宿とパデュアの町自体を直ちに引き払うことであっただろう」(The wisest course would have been, if his [Giovanni's] heart were in any real danger, to quit his lodgings and Padua itself, at once ; *CE* 10：105) と述べている。

　確かに、ジョバンニにもこれ位の選択をすることはできたかもしれな

い。しかし、これは彼がまだベアトリーチェと出会ったばかりの頃であり、あの時点でジョバンニにこの選択を迫るのはおそらく無理であろう。彼は医学の修得という目的を持ってパデュアにやってきた。一人の女性に出会った時点で、まだ相手に関して何の情報もない時に、「ジョバンニにはこの選択肢があった」と言うのは酷である。

　さらに物語の終わりあたりで、ベアトリーチェが、あなたは私が嫌いになったのなら、「この庭から去って、あなたと同じ世間の人々と交わり、そしてこのベアトリーチェのような怪物が地上を這っていたということを忘れる」(go forth out of the garden and mingle with thy race, and forget that there ever crawled on earth such a monster as poor Beatrice? *CE* 10：125) ことが出来るでしょう、と言う場面がある。確かにこれは一理あるように思われる。

　しかし、ジョバンニがベアトリーチェに強くひかれ、恋心を抱くのは、彼の自由意志ではない。それは丁度蝿取草が甘い蜜を出して昆虫をひきつけるように、ベアトリーチェが出す「毒」によってそうさせられているのだ、ということを作者ははっきりと述べている。昆虫がこの毒によって庭に引き寄せられ、ベアトリーチェの吐く息の毒に当たって死滅したように、ジョバンニも一度彼女の「毒」の中に引き込まれたら、彼はもう自分の自由意志では脱出できない。その上、彼女の出す「毒気」を彼が十分吸い込み、彼の吐く息が昆虫を殺すまでになり、彼自身がベアトリーチェのような「生ける毒」となってしまった後では、彼に「この庭から去っていくことが出来る」という選択権を言うのは、全く無意味である。つまり、ジョバンニには何ら選択権がなかったのである。彼は「捕まってしまった」のである。

　神徳昭甫氏は、その著『ホーソーン研究──炎と円環』において、ベアトリーチェは現代的に言えば「放射能汚染」を先取りしたような女性であると述べている（神徳昭甫、1992：7）。比喩的意味においてそのようにも言えるであろう。ベアトリーチェは初めから「放射能」に汚染されていたのである。しかも、その「放射能」は「引力」を有しており、その「圏内」

からは人間は自力では脱出できない。だから、一度この「圏内」にはいると、もはや破滅するしかないのである。

そして、どうもベアトリーチェはこの事実を知らなかったようだ。彼女は自分の中に毒があり、自分に触るものは全て死滅することは知っていた。だから、恋人のジョバンニにも自分に触れさせようとしなかったのである。しかし、自分の「毒」が人をも「汚染」するということは知らなかったようである。それは彼女がジョバンニにそのことを責められ時、「私は全く知りませんでした」と述べているのでも分かる。つまり、彼女は自分が「有毒」であること以外は、何も知らなかったのである。

だから、彼女の希望としては、相手（ジョバンニ）に、そのようなものとしての自分をありのままに受け入れてもらい、距離を置きながら恋人同志として互いに愛し、仲良くやっていきたいということであったのだろう。ベアトリーチェが自ら進んで先に解毒剤を飲み、その危険性を自分が死ぬことで証明し、ジョバンニの死を未然に防いだことは読む者の心を打ち、大いに同情に値する。彼女は自らを犠牲にしてジョバンニの命を救った。しかし、既に毒に汚染されているジョバンニは、生き永らえても世間に戻ることはできない。さらに彼女を死へと追いやった罪の意識を抱えて、死ぬより惨めな人生が待ち受けているのである。

実際、ジョバンニは責められるべきであろうか。彼が「おまえが僕の血管に、毒を注ぎこんだのだ」(Thou hast filled my veins with poison, *CE* 10：124) と言って、言葉激しくベアトリーチェを罵る場面がある。この点は、怒りと絶望に駆られたジョバンニの「勇み足」だったかも知れない。なぜなら、先にも述べたように、この点に関して、ベアトリーチェは何も知らなかったのだから。また、解毒剤を持参して、恋人の欠陥を治療しようとしたことに対しても、ジョバンニは責められるべきではない。なぜならこのことを提案したのは、彼の指導教授であるバリオーニであるからだ。学生がより学識と経験のある指導教授の助言に従うのは無理もないことである。しかも、バリオーニとラパチーニの間には激しい職業上の争いがあったのだが、ジョバンニはそのようなことは一切知らされていないのであ

る。

　つまり、この事件の悲劇的結末はバリオーニがお膳立てしたことであり、ジョバンニには何ら悪意はない。彼はあの状況において、普通の人間として出来るだけのことをしたに過ぎない。強いて言うならば、彼は物事の真実を見抜く洞察力に欠けていた。しかし、彼はあらゆる点において被害者であろう。彼は最初はラパチーニ博士に、後はバリオーニ教授に利用されたのである。

　このように考えてくると、この「ラパチーニの娘」の物語は、世間でよくある恋人同志の若いがゆえに周囲や互いに対する配慮を怠り、事を急ぎ過ぎ、互いのコミュニケーションが不足した結果の悲劇ということになる。ベアトリーチェは、ジョバンニと交際するに際して、二人がかなり理解しあった時点で、自分の特異性（有毒の性質）を彼に分かるように説明すべきであった。そして、もし彼がそう望むなら、彼に「逃げ出す」機会を与えるべきであった。また、ジョバンニはジョバンニで、自分に毒が浸透し、昆虫を殺せるまでになったことをベアトリーチェに知らせ、バリオーニに相談したら彼がこの解毒剤をくれたとベアトリーチェに知らせるべきであった。そうすれば、ベアトリーチェはその事実を父に知らせ、何か解決法が見いだせたかも知れない。しかし、これはあまりにも現実的次元の、世俗的解釈であるかも知れない。

　さて、この物語においては、どのような女性像が提示されているのであろうか。確かに、誰が読んでも、また何回読んでも、物語中のベアトリーチェは立派な女性として描かれている。彼女は素直だし、純粋に人を愛した。彼女の愛には嘘、偽りはなかった。また、最後には自分を犠牲にして、ジョバンニを死から救った。その意味では、彼女は明らかに「永遠の女性」（eternal woman）であり、また、「シビライザー」でもある。作者ホーソーンが作品の冒頭でダンテに言及し、ジョバンニが出会う女性を「ベアトリーチェ」と名付けた理由もここにあるのだろう。

　しかし、ベアトリーチェは「永遠の女性」というよりは、「破滅の女性」

(destructive woman)と言ったほうがいいように思われる。彼女はその特異性からして、彼女と出会う男性を「破滅」させる運命にあるのである。彼女が死によって証明していることは、彼女のジョバンニに対する愛が真実であったということである。これは、彼女自身の有毒の性質、また父親の科学への間違った傾倒へのせめてもの謝罪とも解釈できる。その点においては、彼女は読者の大きな同情に値する。彼女自身あのような状況に置かれながら、心は毒されることなく清純そのもので、恋人のために自己を犠牲にした。

しかしながら、それでもなお、「永遠の女性」の意味の一つが、男性の間違いを正し、荒れる魂をしずめ、自分の死によって最後にはその男性が天国において救われる魂になるということであることを思えば、この物語のベアトリーチェは少しその定義からはずれているように思える。ジョバンニはどこにでも居そうな、これといって大きな欠点を持った男性ではなかった。また、その行動は、あの状況では誰でも取りそうなものであった。彼の足らない点は、強いて言えば、洞察力の不足と自己の信念を貫く強さがなかったことであろう。

しかし、上記のような読み方は、ホーソーンが全く架空の物語として書いたものをあまりに現実のこととして読むという間違いを犯すことになるかもしれない。既に述べた事だがホーソーンは『陳腐な物語集』の序文において、「自分の物語を日光の中で開くようなことをすれば、それは、全く何も書いてない真っ白なページの本のように見えるでしょう」(if opened in the sunshine, it is apt to look exceedingly like a volume of blank pages. *CE* 9：5)と述べていた。このような立場に立つと、私達は「ラパチーニの娘」を完全な比喩的物語として、ひとつの教訓を持った物語として読んだほうがいいのかも知れない。

ベアトリーチェは幼い時から猛毒で育てられ、毒人間に成長するわけであるが、その「毒」というのは比喩的には人間全てが持つ、性格や特異性と考えられるであろう。先程、それは「放射能」のようなものだという意

見を紹介したが、その「放射能」とは人間全てが持つ性格や特異性だと解釈できるのである。男性であれ、女性であれ、人と交際すれば人間は誰でもその相手から何らかの影響を受ける。つまり「毒される」のである。それは人間が人間である限り、避けて通れないものである。ジョバンニが「毒だ、毒だ」と騒いでいるのは、そのような「人間的影響」であると見ることができる。

　もしそうであるなら、ジョバンニは極めて自己中心的な料簡の狭い男性ということになる。彼は女性を受け入れ、女性から影響を受けることを恐れて、自己の安全ばかり考えていたことになる。彼は常に目先のことばかりに気をとられ、自分の前に長所もあり短所もある女性が現れた時、その本質が見抜けなかった。彼には、作者ホーソーンがいみじくも述べている通り、「目で見ることができ、指で触れることができるもの」(what we can see with the eyes and touch with the finger. *CE* 10：120) があまりに重要であり、その背後にある「精神的なもの」の価値が分からなかった。そのような狭い料簡の男性に対して、ベアトリーチェは自分の命を犠牲にして、相手の非を諭したのである。

　このように読むと、この物語は明らかに「永遠の女性」としてのベアトリーチェの物語ということになる。「はじめから私の中によりも、あなたの中により多くの毒があったのではないでしょうか」というベアトリーチェの言葉が重みを持ってくるのである。ある物語を一つの「教訓」として読むことは20世紀の私達の趣味ではないが、ホーソーンが生きた19世紀という時代を考え、常に物語にモラルを持たせることが普通であった時代には、こちらのほうの解釈が案外作者の意図にかなっているのかもしれない。またそのほうが、「自分の作品は実際の事実とあまり厳密に比較されてはならない」というホーソーンの忠告にも従ったことになるのかも知れないのである。

第6章 「美の芸術家」
——芸術家の代償——

　ホーソーンの作家活動のほぼ前半（38歳の結婚まで）を通して、彼の生活を特徴づけたものは「孤独」であった。彼は幼少の頃父と死に別れた。これ以後、彼の母は3人の子供たちを連れて実家マニング家に戻り、ほとんど一般世間と関係を持つことなく、親族に助けられ、干渉されながら、慎ましく暮らすようになる。ホーソーン12歳の頃、一家はメイン州レイモンドのセバゴ湖畔にある母の兄ロバート所有の家に移り住んだ。メイン州は現在でも森・川・丘等で満ちた全くの田舎町である。ましてや19世紀初期において、その土地の過疎的状況は想像を絶するものがあったであろう。
　やがてホーソーンは、ブランズウィック（Brunswick）のボウドン大学（Bowdoin College）に入学した。ここで彼は、ホレイショー・ブリッジという生涯の友をを見つけることができた。また、大学時代の級友の中に後に14代アメリカ大統領になるフランクリン・ピアス（Franklin Pierce, 1804-1869）がいたし、後にハーバード大学のフランス語・スペイン語の教授になる、詩人ヘンリー・ロングフェロー（Henry Longfellow, 1807-1882）がいた。ホーソーンは後にピアス大統領の任命により、イギリスのリバプール領事になり、多くの有名人や作家に会い、ロンドン市長主催の晩餐会に招待されるまでになった。

　大学時代から作家になる決意をしていたホーソーンは、卒業後、定職につくこともなく駅馬車会社をやっている叔父の手伝いをしたり、時たま近辺を旅行したりして過ごした。この時の旅行の様子をホーソーンは詳細に日記に書き記しており、今日それは、ホーソーンの伝記作者の一人ランダ

ル・スチュアート（Randall Stewart）によって次のように評価されている。
「ニューイングランド内陸部の一世紀前の記述による記録として、これに匹敵する文献を見つけることは困難であろう。」(As a descriptive record of life a century ago in the interior of New England, it would be diffcult to find its equal in literature. Randall Stewart, 1948：48)

　ボウドン大学を卒業して間もない24歳の頃に、ホーソーンが書いた中編小説に『ファンショー』(*Fanshawe*, 1828) という作品がある。これはファンショーという青年が、村の悪者たちに誘拐されたエレンという女性を、苦心惨憺の末に彼らから救い出し、その結果彼女との仲が急速に深まり、二人は結婚を考えるまでに至る。しかし、不治の病に冒されていることを知ったファンショーは、エレンを親友エドワードに譲るという話である。この小説を自費出版した直後に、ホーソーンは急にこの作品に嫌気がさし、大急ぎでこの作品を回収し、全てを焼却した。

　それ以後ホーソーンは生涯、この作品に言及することはなかった。ホーソーンにとってはよほど精神的な痛手だったのであろう。この作品を回収・焼却した理由は今となっては想像するしかないが、それはこの作品がスコットランドの作家サー・ウォルター・スコット（Sir Walter Scott, 1771-1832）の焼き直しであったということに起因するのであろう。これ以後ホーソーンは、アメリカの地で、アメリカの人々を描くことに専念する。そしてこれが、彼の独自の文学として開花することになるのである。

　『ファンショー』の出版以来、さらに10年間、大学卒業以来実に12年間、ホーソーンは仕事らしい仕事もせず、時折旅行をしながら作家修行に明け暮れた。もちろん、これは現在の私達が外から見て想像するほど「不幸」であったわけではないかもしれない。ただ孤独であったのは事実であろう。ホーソーンは原稿を書いては破り、破っては書くということを繰り返したに違いない。ホーソーンが一番苦心したと思われる点は、(1)何を書くか、(2)それをどのように書くか、であったと思われる。これは作家にとっては、極めて当然のことであるが、ホーソーンにとってはこれが特に問題となる理由があった。

当時、ホーソーンのお気に入りの作家はスコットランドの作家サー・ウォルター・スコットであるが、この人の物真似をするわけにはいかなかった。また当時、イギリスにおいては散文の全盛時代であり、ディケンズ（Charles Dickens, 1812-1870）やサッカレー（William Makepeace Thackeray, 1811-1863）をはじめ、多くの作家が活躍をしていた時代であった。彼らはイギリス社会の出来事を書いたが、ホーソーンがすぐに悟ったことは、イギリスのような成熟した、重厚な社会はアメリカには存在していないという事であった。社会のことを書こうにも、アメリカにはイギリスに存在しているような意味での「社会」はなかった。古い城もなければ、地下牢もなく、競馬場もなければ、犯罪が起こりそうな路地もなく、貧民の群れもいない、ただあるのはホーソーンが後になって述べているように、「まっ昼間のありきたりの繁栄」（common-place prosperity, in broad and simple daylight, CE 4：3）のみであった。また、観念の上でイギリスのような社会を想像して作品を書けば、それは前轍を踏む過ちを繰り返すことは明白であった。

　このような状況に直面して、ホーソーンが考えたことは「架空の状況」を作り、その中にアメリカ社会の状況を折り込んでいくことであった。では、なぜホーソーンは「架空の状況」に固執したのであろうか。それはホーソーンが自分の文学の本質は「人間の心の真実」（truth of human heart）を考察することであると考えたからに他ならないからである。これはホーソーンが生涯貫き通そうとした彼の文学的信条であるが、孤独の12年間のいつかの時点で、彼はこの考えに到達したものと思われる。ホーソーンは人間の「心」に関する考察を深め、発展させたくてたまらなかった。そして、ありもしない状況、突飛な状況、予期せぬ状況の中に人間が追い詰められた時、人間の「心」に関する最も効果的な考察が出来るとホーソーンは考えた。これは文学という非常に大きな世界、複雑な世界を、いとも簡単に割り切り、文学を「架空の状況」という小さな世界に閉じこめようとするものであることは否めないが、これがホーソーンが考え実行しようとしたことであった。

ホーソーンにとって、この 12 年間は彼の文学修業においては、非常に実り豊かな期間であったと言える。そして、彼は機会を見つけて、ぽつぽつ短編作品を発表し始めた。彼の「名作」と称される作品はいずれもこの頃、つまり彼の文学活動の極めて初期に集中しているのである。一般に、作家というものは習作を多くこなし、経験を積み、それから傑作を生み出すものと思われているが、ホーソーンの場合はその逆である。彼が職業作家として、それなりの地位を築き、安心して文筆活動を続けられるようになるにつれて、彼の作品の質は逆に低下するのである。

　以上、ホーソーンの作家としての経歴を述べたが、それは本章で扱う「美の芸術家」("The Artist of the Beautiful," 1844) が一種の「若き芸術家の肖像」(a portrait of a young artist) であり、大なり小なりホーソーン自身の経歴と関係があると思われるからである。この物語における「美」とは、人工の蝶（芸術家によって、生命を有することになった機械仕掛けの蝶）であるが、この作品の象徴的意味から言えば、それは詩であっても小説であっても構わないのである。この作品の主人公はオーウェン・ウォーランド (Owen Warland) という名前であるが、それは「戦いの場」を意味する。ホーソーンは作中の人物の名前一つにしても、意図的に命名する作家である。このような観点から考えると、この物語は芸術的な傑作を生み出そうとするホーソーン自身の戦い（孤独の中での戦い）の跡のように思えるのである。また、この作品にはアニーという女性が登場するが、アニーはその孤独の年月において、ホーソーン自身が探し求めていた理想の女性のようにも思えるのである。

　時計修理人ピーター・ホーヴェンデンの後を継いだオーウェン・ウォーランドは手先が器用で、有能な時計修理人であるが、時計の修理のような実用的な仕事はあまり好まず、ある巧妙な機械仕掛けの美しい物（生きた蝶）を作るのに精魂を傾けている。彼はその人工の蝶の中に自然界の全ての美を具現しようとしている。それはオーウェンのような繊細な神経の持

ち主、彼のような美に対する飽くなき探究心を持った者だけに可能な仕事であった。鉄道や蒸気機関車のような実用的なものは、たとえそれがどのように社会的に有用であろうとも、まさにそれらの世俗的有用性や粗野な有り様において、それらはオーウェンをいらいらさせるのであった。彼が経営する時計屋に陳列されている時計は、「その文字盤が全て通りから見えないように」(with their faces turned from the street, *CE* 10：447) 置いてある。このことはまさに上記のようなオーウェンの反俗的気質を象徴的に表しているのである。

　ピーター・ホーヴェンデンにはアニーという年頃の娘がいる。このアニーはオーウェンが精魂傾けて取り組んでいる仕事に対して、娘らしい優しさで理解を示し、オーウェンの繊細な気質にもそれなりの共感を持っている。この意味でアニーは、オーウェンにとっては憧れの女性である。彼が懸命に取り組んでいる「美の精神に形を与え、それに動きを与える」(to put the very spirit of Beauty into form, and give it motion, *CE* 10：452) 仕事はまさにアニーに捧げるためなのである。それでオーウェンはともすれば挫けそうになる彼の気力や、美を追求する彼の苦労にたいして、アニーからの励ましを必要としている。ピーター・ホーヴェンデンにはロバート・ダンフォースという甥がいて、この男はオーウェンの繊細さとは正反対の筋肉隆々たる鍛冶屋である。彼は終日、仕事場で大槌をふるい、鍬や包丁や鉄細工などの、世間にとって有用な仕事をしている。アニーの父のホーヴェンデンは自分の娘を、世間の役に立つとは思えない仕事をしているオーウェンではなく、この鍛冶屋のダンフォースと結婚させたく思っている。

　ある日ダンフォースがオーウェンの仕事場に届け物をもって入って来る。そしてオーウェンと話している時に、大きな声で笑ったため、オーウェンはすっかり混乱してしまい、今までの仕事が全て壊れてしまう。これ以後オーウェンは急に別人のようになり、町の時計台の時計を修理するなどの有用な仕事に精を出し、町の人々に喜ばれる。しかし、美に対するオーウェンの希求は抑えがたく、時の経過とともに、彼は本来の自分を取

り戻し、また以前のように美の具現たる人工の蝶をつくることに専念する。そのようなある日、今度はアニーが入ってくる。ところがこのアニーがうっかり、指で彼の造作物に触れてしまい、それは完全に破壊されてしまう。幾分アニーに失望したものの、落胆の冬を通り抜け、春の訪れとともに、オーウェンは全てを始めからやり直し、仕事を続ける。

しかしその後、ホーヴェンデンが入って来て、アニーとダンフォースが結婚すると告げた時、彼は完全に打ちのめされてしまう。ショックから回復すると彼は人が変わったように饒舌になり、太った常識家になる。そして作者をして次のように言わしめている。

「哀れな、哀れな、堕落したオーウェン・ウォーランドよ！ これらは、彼が、私達の周囲に、目には見えない状態で存在しているよりよい領域の住人であることをやめてしまった兆候だったのだ。彼は目に見えないものへの信念を失ってしまった。そして今や、……手が触れるものだけを得意になって信頼するという知恵を自慢したのである。」
(Poor, poor and fallen Owen Warland! These were the symptoms that he had ceased to be an inhabitant of the better sphere that lies unseen around us. He had lost his faith in the invisible, and now prided himself, ... in the widsom which ... trusted confidently in nothing but what his hand could touch. *CE* 10：466)

このような状態がしばらく続いたのち、契機は定かではないが、再びこの精神的冬眠から目覚める時が訪れ、オーウェンはまたもとの彼本来の美を創造するという仕事に専念し始め、そしてついにそれを完成するのである。

心血を注いだこの作品を二人の結婚に対する祝いの品として、喜び勇んでオーウェンはアニーとダンフォースの家にもって行く。アニーが箱の蓋をあけると、中から例えようもなく美しい蝶がひらひらと羽ばたきながら現れ、部屋じゅうを飛び回ったのである。アニーもダンフォースも、またその場に居合わせたホーヴェンデンもその蝶の華麗な美しさに感嘆するばかりであった。この頃迄にはアニーとダンフォースの間には一人の男の子

が生まれていた。この蝶がふとこの赤ん坊の手にとまった時、その赤ん坊は手の一握りでその人工の蝶を潰してしまう。こうしてオーウェンが苦心の末、長年かけて作り上げた血と汗の結晶は、いとも簡単に破壊されてしまうのである。

　オーウェンは彼の美の追求において幾度も幾度もひどい挫折を経験しながら、その度に気を取り直し、内部から湧きあがる衝動につき動かされるように、作品に取り組み、ついに美の創造に成功する。この有様は、本章の前半で述べたように、幾度も失敗や挫折を経験しながら、ついには傑作を産み出したホーソーンの姿とダブらせることが出来るのである。実際のホーソーンは、オーウェンのような苦しみを経験しながら、最終的にはよき理解者としてのソフィアに巡り会い、オーウェンのような惨めな挫折を経験することはなかった。だから、この作品は、もし自分がソフィアのような女性と巡り会わなかったならば、「このようになっていたかもしれない」という読み方も可能であろう。それほどに、「よき伴侶」(better half) に対するホーソーンの希求は強いものであったと思われる。

　既に明白であるが、ここで示されている女性像はたぶんに伝統的なものであり、夫のよき伴侶、よき理解者としての女性ということである。彼女の父のピーター・ホーヴェンデンや鍛冶屋のダンフォースと違って、アニーはオーウェンのしていることを「邪魔してはいけない」と思うだけの分別と優しさがあった。彼に彼の好きなことをやらせておくだけの心の広さがあった。また、さらに大切なことは、アニーは、他の者たちが夢想だにしなかった「機械に魂を入れる」(putting spirit into machinery, *CE* 10：459) という言葉をオーウェンに言い、彼を驚かせるのである。この言葉を聞いたオーウェンは、彼が意図していることや彼の仕事に対する本心をアニーに打ち明ける一歩手前まで行く。

　しかし、この時アニーは不用意にもオーウェンの作品に手で触れて、それを台無しにしてしまうのだが、それとても作者は、もし彼女の側にオーウェンへの「深い愛」があれば、オーウェンを失望させはしなかっただろ

うと述べている。さらに作者は、オーウェンのような奇妙な、不可解な仕事をしていて、それを理解できる人間があるとすれば、それは「女性をおいて他にない」とも言っているのである。これは、男性の人生における、特に世間から離れて孤高を歩む男性の人生における、女性の重要さをよく表現した言葉である。

　「美の芸術家」において、オーウェンに関して特筆すべきことは、オーウェン自身がアニーを捨てたのではないということである。アニーのほうがオーウェンではなく、ダンフォースを選んだのである。既に今までの章で述べてきたように、ホーソーンの多くの物語において、男性が女性を意図的に捨てた場合は、その男性は非常に過酷な運命に遭遇することになる。ホーソーンの物語はそのような構造になっている。しかし、オーウェンの場合は違っている。彼の場合は結果的にアニーと別れることになったに過ぎない。だからオーウェンは、最後には彼の希求し続けた人工の蝶を完成し、それをアニーに捧げることができたのである。女性と別れながら、男性が彼の目的を達成できる内容になっているホーソーンの作品はおそらくこれが唯一であろう。

　最後にこの作品に関してよく問題にされる「曖昧さ」に言及しておきたい。オーウェンはあれだけ真摯な苦労をして、人工の蝶、彼の言う「精神化された機械仕掛け」(spiritualized mechanism, *CE* 10：469) を作り上げた。それは皆の前で空中を飛び、皆に感嘆の声をあげさせた。「目に見えるもの、指で触ること」のできる物だけを信用するホーヴェンデンやダンフォースでさえも、この「人工の美」を理解できた。それにもかかわらず、オーウェンのこの血と汗の結晶は、たった一人の小さな赤ん坊によって、一瞬のうちに握り潰され、破壊されてしまうのである。これは一体何を意味しているのであろうか。ホーソーンは結局、オーウェンが作り出したような物は世間的有用性の観点から見れば全く無価値であり、不必要なものであると言っているのであろうか。それとも、最後に述べている通り、「芸術家が美を達成するのに十分な程高く昇った時、彼がその美を人間の眼に

認識させたその象徴は、彼の眼に殆ど価値を持たないものとなった」(When the artist rose high enough to achieve the Beautiful, the symbol by which he made it perceptible to mortal senses became of little value in his eye, *CE* 10：475) という意見に賛成しているのであろうか。

　この作品を何度読んでも、テキストに関する限りそのどちらとも言えないものがある。特にあの最後の赤ん坊の場面の印象は強烈であり、拭いさることが出来ない。しかし、私はこの問題に関して、冒頭に述べたホーソーンの経歴が参考になるのではないかと思う。作家活動を始めるに際して、ホーソーンが懸念したことは、「物語など書いて何の役に立つのか」「それが社会的にどんな有用性を持つのか」という問題であったと思われる。

　現代では作家の地位は十分に認められ、世に職業作家は多いから、このような疑問はめったにおこらない。しかし、作家の地位が十分定まっておらず、その社会的有用性もよく理解されていなかった時代において、これは極めて深刻な悩みであったと考えられる。特に社会があらゆる面で発展し、一種のバブル期であった当時のアメリカにおいてはこの問題は深刻であったであろう。そのような時に「物語を書く」ことを職業にするというのは随分勇気のいることであった。当時の世間の目から見れば、このような役に立たない物語などはまさに「とるに足らないもの」、「無価値なもの」、「赤ん坊の手で破壊されてしかるべきもの」であった。

　さらにホーソーンには作家になることに関して、また別の懸念があった。それは彼の先祖がピューリタン (Puritan) であったということである。周知の通り、ピューリタン達は、小説のたぐいを「人間の官能をあおるもの」として軽蔑し、毛嫌いしたのである。だから、ホーソーンは職業作家になるに関して、先祖が自分を嘲笑するのではないか、先祖に申し訳ないことをしているのではないかという一種の後ろめたさを感じていたのである。ホーソーンはそのような感想を『緋文字』の中の「税関」の中で明白に表明している (*CE* 1：10)。確かに、作品の中で判断するかぎり、上記で問題にしている事柄に関して、作者ホーソーンの態度は曖昧であるが、

ホーソーンの経歴という文脈においては、これは曖昧ではない。

　ピーター・ホーヴェンデンや、ロバート・ダンフォースや、あるいは赤ん坊によって代表される勢力は、全く当時の実利本位のアメリカ社会に他ならない。それらに対するオーウェンの抵抗はまさに、作者ホーソーンの抵抗に他ならない。芸術は人間生活に絶対必要なものではない。それが無くても人間は生きていける。しかし、「美」なるものは、人間の精神生活を豊かにしてくれる。そうした「美」なるものの本質を、オーウェンは実用一辺倒の社会の中にあって追求せずにはおれなかった。そしてその実現のために努力をしたのである。それは12年間の孤独の中で、自分自身の文学を必死になって模索したホーソーン自身の姿であったと思われる。

　上記の問題（赤ん坊対人工の蝶）は、ホーソーンの作品においてよく議論される問題である。これは、つき詰めれば「有用性対芸術」の問題でもある。この問題をホーソーンはどのように考えていたのであろうか。結論は、結局「曖昧」ということになるかも知れないが、この問題を考えるに際して、よく引用される論文がある。以下に参考として、この論文の最後の結論の部分を記しておく。

　　「ダンフォースとアニーは、人生のために人生を愛している。これに対して、ウォーランドは美を創造するために人生を必要としている。彼らの側に時計屋のピーター・ホーヴェンデンがいる。彼は『時間』に生きる人間であり、オーウェンが目指している『永遠』に生きようとする人間の敵である。ホーヴェンデンは最後に何も持っていないので、勝負に負けている。ダンフォースとアニーは、永遠に生きる精神は欠いてはいるけれども、この二人は少なくとも平凡な生活の中で幸福に生きている……オーウェンは最後に人工の蝶を手に入れることに成功した。しかし、ホーソーンがこの物語で言っていることは、オーウェンの成功は、ダンフォースとアニーの二人が今持っている生活と同じくらい不完全なものであるということである。（中略）次のことは述べておく価値があるであろう。『美の芸術家は』はホーソーンが牧師

館に住んでいたころに書かれたものである。この時期（1844年）にホーソーンは、オーウェンと違って、芸術家の生活と結婚という二つのことを同時に経験していた。つまり、ホーソーンは彼の人生において初めて、オーウェンの生活とダンフォースの生活の両方を経験したのである。彼は芸術家としての自分と、普通の人間としての自分を常に二つに分けて考え、両者は鋭く対立するものとして考えた。それはまるで、彼自身のこの二つの側面の共存は常に不完全で、曖昧なものであると彼が考えているかのようである。つまり、『美の芸術家』という作品が示しているこの二つの側面の対立は、まったくホーソーン自身の中の対立であったのである」(Rudolph Von Abele, "Baby and Butterfly," *Kenyon Review*, Vol. 15 (1953), 292. 長文のため、上記の英文記載は省略)。

第7章 「雪人形――子供の奇跡」
――想像力の世界――

　ホーソーンの短編「雪人形――子供の奇跡」("The Snow-Image, A Childish Miracle," 1850) を読むたびに、思い出す物語がある。それをまず最初に述べておきたい。それはイギリスの作家ロアル・ダール (Roald Dahl, 1916-1990) の短編作品「エドワード征服王」("Edward the Conqueror") である (Roald Dahl, reprinted in *Completely Unexpected Tales*, 1986)。

　エドワードとルイーザは中年の夫婦である。二人の間に子供はないが、それでも二人は仲良く生活している。ある日、夫のエドワードが家の庭の外れで大きな焚火をしていると、どこからともなく一匹の綺麗な灰色の猫がやってきた。それは人目を引く綺麗な灰色をした、一風変わった猫であった。ルイーザが昼食のために夫を呼びに行き、二人が家に戻ろうとすると、この猫は二人のあとについてきて、家の中に入り込んでしまった。ルイーザが帰るように言っても一向に帰る様子がない。
　ルイーザはある趣味を持っていた。それはピアノを弾くことであった。そして、彼女はただピアノを弾くのではなく、自分の周囲に会場一杯の聴衆がいることを想像してピアノを弾くのである。その日も、ルイーザはいつものようにピアノの前に座り、演奏を始めた。はじめはヴィバルディ、次にシューマン、その次にリストの順で弾き始めた。例の灰色の猫は側のソファの上で気持ちよさそうに寝ていた。ところが、ルイーザがピアノを弾き始めると、その猫は急に興味をかき立てられたらしく、起き上がってじっと聞き耳をたてたのである。そして左右に歩きだした。それを見たルイーザは、この猫は音楽が分かる猫だと思い、嬉しくなる。

さらにルイーザは演奏を続け、リストの曲を弾き始めた。すると、今までただソファの上に座っていた猫が急にルイーザのいる腰掛けに飛び上がり、いかにもリストが好きだといわんばかりに、背のびしたり、手を出したりした。彼女自身も熱心なリストの愛好者であったので、ルイーザはこの猫はピアノ曲が分かる天才猫だと思い始める。そしてそのことを夫のエドワードに話すのだが、夫は妻の言うことなど全く理解しようともしない。

　この猫が音楽が分かることを証明するために、ルイーザは夫と猫の両方の前でピアノを弾くのだが、その時にも猫はリストの曲が演奏される度に、さも楽しく嬉しそうな様子をみせ、ルイーザを驚かせた。夫は、それは丁度、ヘビが音に反応するように、猫はただ音に反応しているだけで、音楽が分かっている訳ではないのだ、と常識的な反応しか示さない。そして夫は、この猫はどこかの家の飼い猫であるから、早くその家をさがすなり、警察に連れて行くなりするように言うが、ルイーザは聞き入れない。

　その猫があまりにも音楽を理解し、その趣味が自分とよく似ており、自分が演奏を間違えた時などには、その猫もそれが分かるようなので、ルイーザはこの猫は有名な音楽家の生まれ変わりだと思い始める。そして、町の図書館に行って『霊魂の輪廻』という本を調べる。そして、今年は作曲家リストの生まれ変わりの年であることを知る。その上、リストの写真を見ているうちに、右目の上に疣（いぼ）があることを発見する。家に帰ってその猫を見ると、なんとその猫の右目の上に大きな瘤のようなものがあるではないか。

　こうして、ルイーザはこの猫はリストの生まれ変わりなのだと信ずる。そして、この猫をリストの生まれ変わりとして庇護し、世界に知らしめるのが自分の義務であると感ずる。この妻の熱に浮かされたような使命感に呆れ、腹をたてた夫は、妻の知らない間にこの猫を捕まえ、庭に連れていき、大焚き火の中に投げ入れて、焼き殺してしまう。夫のエドワードはまさに、11世紀にイギリスを征服したウィリアム征服王のごとく、エドワード征服王であった。

第7章 「雪人形――子供の奇跡」

　さて、この作品はどう理解すべきであろうか。表面的には猫に関して、夫の常識的な目から見ると常軌を逸した行動をとる妻に対して、夫のエドワードが独裁者よろしく、一方的に猫を処分し、以前の夫婦の平穏無事な生活を取り戻したということであろう。そういう意味でこの物語は、少々ショッキングな結末ながら、ほとんどの読者が最後のどんでん返しの見事さに苦笑して終わる物語かもしれない。

　しかし、この物語はまた別の解釈もできるのである。この夫婦は既に中年であるが子供はいないようだ。広い庭付きの家に住み、何不自由ない裕福な暮らしをしている。そのような平凡な生活にあって、ピアノを弾く妻の趣味は単なる趣味以上のものであり、生活の「生き甲斐」とさえ言っていいものである。ルイーザはピアノを弾く度に、周囲にはあふれんばかりの観衆が彼女の演奏を待ち望んでいると想像し、今日はどのプログラムで、どのように趣向をこらして観衆を喜ばせようかと一人思い悩む。このように、読者にとっては滑稽なほどに、大真面目なルイーザは想像力豊かな女性であった。

　これに対し、夫のエドワードは庭での力仕事に代表されるように、極めて即物的な人物であり、おそらく音楽に関しても、それを十分に鑑賞できて、妻が満足するような感想を言える人間ではなかったのであろう。そのような状況のもとへ、一匹の猫が入りこんできた。そしてその猫はソファの上で座ったり、動いたり、妻の側へ寄ってきたり、ピアノの裏側を回ったりして、音楽が分かるような仕種をしたのである。想像力に富み、芸術的感性豊かな妻のルイーザが、これを見て、この猫は本当に音楽が分かり、自分の弾くピアノを理解してくれていると思うのも無理からぬことである。彼女には夫にはない想像力や動物愛や芸術的感性がある。実際に、猫は美しいもの、きれいなもの（音も含めて）を愛する性質があるのである。家の中でも、綺麗な敷物、新しい絨毯等、清潔に洗濯されたものなどいち早く見つけてその上に座る癖がある。ルイーザはこの猫に単なる猫以上のもの、夫にはないものを見つけて、その関係を大切にしようとしている。

　家庭にいる女性は、ややもすると、自分の運命を自分の力で切り開こう

とする男性と違って、自分の人生を「運命」とか、「前世の因果」とかいった、自分の力以外の何かで捉えようとする傾向がある。家に閉じ込められた女性が「手相」とか、「星占い」とかに興味を持つのはこのためである。だから、想像力に富んだルイーザが、この猫はリストの生まれ変わりであると思い、魂の輪廻をそこに見たのも蓋し当然である。ルイーザは一風変わった、あるいは異常な女性というわけではない。それどころか、彼女は心の優しい、想像力豊かな、ごく普通の女性なのである。

　これに反して、夫は物事の背後にある精神的意義をなんら理解しない。彼にとっては、猫は単なる動物であり、平穏な自分の家庭に入り込んできて、それを乱す邪魔物でしかない。妻が夫の夕食よりも猫の夕食のほうを一層大事にするに至って、彼の堪忍袋の緒が切れるのである。その猫が外からの闖入者であるなら、外に追い返すだけですむものを、この即物的な夫はこともあろうに猫を焼き殺してしまう。「エドワード征服王」というそのタイトルの中に、私は作者ダールの夫に対する揶揄のようなものが込められているように思うのである。

　作家ホーソーンが一番嫌悪したものがあるとすると、それは物事の背後に何ら精神的意義を見い出さず、ただ「目で見ることのできるもの、指で触れることのできるもの」だけを愛する即物的な人間であった。「美の芸術家」において、時計屋のピーター・ホーヴェンデンや鍛冶屋のロバート・ダンフォースが作者によって軽蔑をもって描写されていたのも実はこの点であった。もちろんホーソーンは彼等の社会における有用性は十分認識していた。そのような人々がいるから、社会は動き、機能するのである。しかし、人生はそれだけではない。目では見ることができず、手で触ることも出来ないけれども、その背後に人間の想像力によってのみ理解されうる何かがあるというのが、ホーソーンの一生の信念であった。

　そしてホーソーンは、そのような豊かな「想像力」(imagination) は、男性よりも女性に多く備わっていると考えていた。だから、ホーソーンの作品においては、意地悪い女性、性悪な女性、強欲な女性はあまり登場しな

い。強いて「悪女」を挙げるとすれば、『ブライズデイル・ロマンス』のゼノビアぐらいであろうか。しかし、彼女といえども、そのあまりにも哀れな最期は読者の同情を大いにそそるのである。ホーソーンの作品における女性はたいてい想像力に富み、純真で、優しくて、勇敢であり、自己犠牲的であり、良心的である。これに反して、男性は独断的で、偏執的で、近視眼的である。これは当時の社会一般における「シビライザー」としての女性像を表していると理解されるが、それ以上に「想像力」をこよなく愛し、人間的な心、愛情豊かな心、現代的に言うならばヒューマニズムを重んじたホーソーンの姿勢が反映されている。

　上記のことに関して、ホーソーンの作品の一例を挙げると、それは彼の作品「シェイカー教徒の結婚」("The Shaker Bridal," 1838) である。シェイカーというのは聞きなれない言葉だが、19世紀前半にはアメリカにおいて相当大きな宗教集団であった。
　この教団は18世紀中頃にアン・リー（Ann Lee, 1736-1884）というイギリス生まれの女性によって開始された。彼女は自分はイエス・キリストの女性の分身であり、地上に神の恩寵を広めるために再臨したと主張した。イギリスで迫害されたため、アメリカに渡った彼女は、ニューヨーク州のマウント・レバノンに本拠地をおいた。教団の人たちは節制、勤勉、非暴力、菜食主義に徹し、世間一般の人ともよく協調したので、平和主義者の団体として尊敬された。この意味で、この教団はクエーカー教団（Quaker）とよく似ている。しかし、南北戦争においては、戦争は良心に反するとして、徴兵等には一切応じることはなかった。また、既に兵役に服した者が後にこの教団に入った場合、彼らは国家から支払われる年金の受け取りを拒否した。
　この教団には一つの際立った規則があった。それはシェイカー教徒は結婚してはならず一生独身を通すということであった。夫婦がそろって入団した場合には、夫婦の関係は維持できなかった。男性はブラザーと呼ばれ、女性はシスターと呼ばれた。一人のブラザーには一人のシスターをあてが

われ、彼らは隣接した別々の部屋で暮らした。従って、この村では子孫は生まれず、団員の増加は全て外部からの入会に頼った。村においては、正直な労働、運動、節制、清潔等がよく守られ、入会を希望するものが後を断たなかった。一時はマウント・レバノンだけで、6000人以上の信者が集まった。ホーソーンはこの教団の生き方に共鳴し、入会すると言って家族を困らせた時があった。

　「シェイカー教徒の結婚」の概略は次のようなものである。ゴウシェン (Goshen, ニューヨーク州) のシェイカー村の教団長であるファーザー・エフレイムは寄る年波と病気に勝てず、その地位を退こうとしている。彼は周囲のシェイカー村からの指導者を集め、皆の前で彼の地位を二人の中年の男女アダム・コルバーンとマーサ・ピアスンに譲ろうとしている。この二人は入団前は恋人同士であったが、世間の嵐に翻弄されて結婚できずにいた。アダムはそれでも一旗あげようと努力したが、うまくいかず、ついにうちひしがれて、マーサを連れてシェイカー教団に入会したのである。その地位をアダムに譲ろうとするファーザー・エフレイムの提案に対して、反対意見が長老たちの一人から出された。それは、二人はまだ若く、今も熱烈に愛しあっている仲だから、教団の最大の罪である肉欲に負けて、いずれ教団の掟であるセリバシー (celibacy, 独身のきまり) を破る恐れがあるというものであった。

　これに対して、アダムは「私は、世間に飽き飽きして、打ち続く困難に疲れ果て、打ちひしがれた男としてこの村にやってきました。幸運などを望んではおらず、ただ悪運から逃れることだけを求めていたのです。……私の胸の中にはただ一つの世俗的愛がありました。そしてそれも若い時以来、穏やかなものになりました。……それで私はこの新しい住居で私のシスターにするために、安心してマーサを連れてきたのです。私達はブラザーとシスターであり、それ以外では決してありません。……私はこの共同体の精神的、世俗的利益のために全力で尽くします。この件に関しては私の良心は何ら疑いを持っておりません。私は喜んで役目をお受けいたし

ます。」("I came to your village a disappointed man, weary of the world, worn out with continual trouble, seeking only a security against evil fortune, as I had no hope of good ... There was but one earthly affection in my breast, and it had grown calmer since my youth ; so that I was satisfied to bring Martha to be my sister in our new abode. We are brother and sister, nor would I have it otherwise ... I will strive, with my best strength, for the spiritual and temporal good of our community. My conscience is not doubtful in this matter. I am ready to receive the trust." CE 9：423) と雄弁に語るのである。これを聞いた一座の者たちは納得し、ファーザー・エフレイムの後任はアダムであると思うのである。

マーサはこの一部始終を黙って聞いていたが、顔面蒼白になり、見るも気の毒な状態であった。彼女自身が意見を求められた時に、彼女は「アダムの考えは等しく私の考えです」([Adam's] sentiments are likewise mine)と答えるのが精一杯であった。やがて、アダムがその決意を雄弁に述べ、皆が同意するに至って、マーサはついに悲しみを押さえ切れず、アダムの足元に崩れ落ちる。今迄幾多の苦難に耐えてきたマーサであったが、この最後の打撃にはとうとう耐えることができなかったのである。

この最後の場面で作者ホーソーンは次のように言っている。
　「実際、アダムは、彼の手をマーサの手から放し、野望がかなったことに満足して、彼の両腕を組み合わせた。」(He, indeed, had withdrawn his hand from hers, and folded his arms with a sense of satisfied ambition. CE 9：425)
この最後の一行はホーソーンのコンテクストにおいては極めて重要である。「野望」(ambition)という言葉に注意する必要がある。アダムはマーサを愛していると言いながら、実は教団長になりたいばかりに、さらには、シェイカー教徒はセリバシーを守るという掟の影に隠れて、マーサを捨てたのである。最後にマーサが彼の足元にすがるように崩れ落ちるのは、そのことに対するマーサの無言の抗議であった。

男女が愛しあっていれば、結婚するのは当然だし、二人の間に子供ができるのも当然であろう。マーサは二人がどんな状態にあろうとも、喜んで苦難に立ち向かえる女性であった。そのようなごく当り前の人間の自然の情念の発露を禁止するような教団の掟がおかしいのではないか、ましてや自分の野心のために、長年の恋人を捨てるアダムは人間として失格だと作者ホーソーンは言っているのである。この作品においてマーサは心の優しい、人を深く愛する、けなげな女性として描かれている。

ホーソーンは「シェイカー教徒の結婚」の他にもう一つ、シェイカー村に関係した作品を書いている。それは「カンタベリーへの巡礼たち」("The Canterbury Pilgrims")である。

カンタベリー(ニューハンプシャー州にある。ホーソーンは1831年の夏にこの地を訪れている)のシェイカー村に長年住んでいたジョサイアという男性とミリアムという女性は、そこで共同生活をするうちに恋に陥り、世間並の結婚がしたくなった。それで密かにシェイカー村を脱出し、もうここまで来れば追手も来ないだろうと思い、かなり村から離れたところにある泉のほとりで休んでいた。するとそこに6人の旅人(1人は詩人、1人は実業家、それに農夫とその妻、そして彼らの子供2人)がやってくる。彼らはいずれも世間で失敗した人たちであり、これからシェイカー村にその保護を求めに行こうとしている人たちであった。

泉の辺に座りながら、それぞれの者がいかに世間で失敗したか、いかに世間がせちがらいかをそれぞれ述べて、ジョサイアとミリアムにシェイカー村に戻るよう説得するのである。最初に、詩人は自分の詩は素晴らしいのに、世間がいかにそれに耳を傾けようとしないかについて話す。次に、実業家は世間がいかにずるいか、そのため自分には商売の才能がありながら、商売に失敗したという話をする。次に農夫は、自分たちは正直に生き、誠実に努力したのに作物が売れず、破産したのだと言う。ジョサイアとミリアムは、この農夫の訴えが自分たちのこれからやろうとしていることに関係があると思い、特に心を動かされ、同情するのである。

第7章 「雪人形——子供の奇跡」

　この時、傍らで静かに聞いていた彼の妻が口を開き、遺言のつもりで聞いて欲しいと、次のようなことを述べる。
　「夫は私達の苦難の幾らかについて話しましたが、最大の問題については話していません。しかも、それが残りの苦難を耐えがたくしているものなのです。愛し合う二人が結婚すれば、最初の１、２年は互いを思いやり優しくします。その状態が続く限り、二人は後悔することなどはありません。でも、次第に夫は陰気になり、粗野になって、気難しくなるのです。そして妻のほうも、夫が外での苦労から一息つきたいと帰ってくると、不機嫌になり、小さないらいらした感情で一杯になり、炉端で愚痴をこぼしがちになるのです。そのようにして二人の愛情は少しずつすり減って、ついに二人を惨めにするのです。それが私達の状況だったのです。」(Though my husband told you some of our troubles, he didn't mention the greatest, and that which makes all the rest so hard to bear. If you and your sweetheart marry, you'll be kind and pleasant to each other for a year or two, and while that's the case, you never will repent; but by-and-by, he'll grow gloomy, rough, and hard to please, and you'll be peevish, and full of little angry fits, and apt to be complaining by the fireside, when he comes to rest himself from his troubles out of doors; so your love will wear away by little and little, and leave you miserable at last. It has been so with us, *CE* 11：129-130)
　この農夫の妻の涙ながらの訴えを聞いて、ジョサイアとミリアムの二人は、大いに勇気づけられて、二人の愛を確認し、安心してシェイカー村に永遠の別れを告げるのである。
　この物語において、ジョサイアとミリアムは賢明な判断をした。それは不満をいっぱい抱えたカンタベリーへの巡礼たちの中で、唯一良識があり、正しい意見を述べた農夫の妻の助言に彼らが従ったからである。このように、ホーソーンの作品において良識ある意見を述べ、人間らしい判断をするのはたいてい女性である。

本章の主題である「雪人形——子供の奇跡」にもどろう。これは1851年に書かれた作品である。その前年、1850年にはホーソーンは彼の最大の傑作『緋文字』を書いている。つまり、この短編はホーソーンが作家としてもっとも油の乗り切った時期の作品である。

　リンゼー夫妻にはヴァイオレットとピオニーという二人の小さな子供がいた。リンゼー夫人は、先述のダールの短編「エドワード征服王」の中の、ルイーザに似て、中年になってからも、若い時の生き生きした想像力や、子供の喜びと好奇心に満ちた遊びの精神を失っていない女性である。これに反して、金物の販売をしているリンゼー氏は、これまた先のダールの短編「エドワード征服王」の中のエドワードさながらに、極めて実際的、常識的、即物的な人間である。彼はホーソーンがいつも言及し、軽蔑している「目に見えるもの、指で触ることのできるもの」しか信ずることの出来ない男である。

　ある冬の雪の降った日、子供たちは庭に出て降ったばかりの雪を使って、雪人形を作りはじめた。母親のリンゼー夫人は子供たちの服を繕いながら、この光景を眺め、自分の子供たちが生き生きと遊ぶ姿に感動するのである。姉のヴァイオレットがいつも主導権をにぎり、弟のピオニーが新雪を探したり、運んだりしていた。空はいつの間にか晴れて、夕焼け雲のバラ色がその雪人形に反映し、その頰を赤く、頭を金色に輝やかしていた。子供たちはその雪人形を自分達の妹のように思い、抱いたり、キスしたりしていた。その姿を見てリンゼー夫人は兄弟愛の豊かな自分の子供たちをますます愛しく、誇らしく思うのである。

　すると天候はにわかに崩れ、猛烈な吹雪が始まる。リンゼー夫人は子供たちを家の中に導き入れようとし、外を見ると子供たちは吹雪の中で入り乱れて一緒に駆けっこしていた。夫人がさらに吹雪の中をよく見ると、そこには自分の二人の子供の他にもう一人、色が白く、金髪の、見たことのない子供がいるではないか。これは近所の子供ではないかと思ったリンゼー夫人は、窓から子供たちに質問する。すると彼らは「これは自分たち

が雪から作っていた自分たちの妹だよ」(our little snow-sister, whom we have just been making! *CE* 11：17) と答えるばかりである。三人の子供たちは、吹雪の中、庭で大層楽しく遊んでいる。

　この姿を見て嬉しくなったリンゼー夫人は、子供たちの言うように、これは本当に雪から生まれた雪の子供だと思い、彼らをそのままに遊ばせておくのである。その子はこの世の子供とは思えず、まるで天使のような様子であった。この時点で仕事を終えた夫のリンゼー氏が戻ってくる。

　リンゼー氏はこの見知らぬ子供を見ると、これは迷い子に違いないから、近所に問い合わせるなり、町にふれて回るなりして、親のところに戻すべきだと主張する。子供たちは、これは自分たちが雪から作った子供なのだと主張するが、リンゼー氏は子供たちの言うことに耳を貸そうとしない。さらにリンゼー氏はこんな吹雪の日に外で遊ぶと風邪をひくからと言って、自分の二人の子供、それにその見知らぬ子供を暖かい家の中に入れようとする。そんなことをしたらその子供は溶けてしまうという子供たちの抗議もリンゼー氏の耳には入らない。彼は逃げ惑うその見知らぬ子供を庭の隅に追い詰めて、むりやり暖かい家の中に入れてしまう。リンゼー夫人が子供たちだけを部屋に残して、その子供のために衣類を取りに行って部屋に戻ってみると、そこに残っていたのは雪が溶けた後の水たまりであった。リンゼー氏は手伝い人に雑巾でその水たまりを片づけるよう命じるのである。

　この物語において、鋭く対比されているのは、冒頭に紹介したダールの作品におけるルイーザのように、想像力に富み、遊びの精神を失っていないリンゼー夫人と、極めて即物的、現実主義的な夫のリンゼー氏との対比である。作品においては、彼は common-sensible man（常識家）とか、matter-of-fact man（実際家）のように表現されている。また、sagacious（利口な）とも表現されている。ホーソーンのコンテクストにおいて、sagacious とか、shrewd（抜け目ない）というのは大抵皮肉であって、いい意味ではない。さらに悪いことに、リンゼー氏は全てのことを「悪意から」で

はなくて、「善意から」行うのである。そしてその「善意」こそが、結局子供たちのかけがえのない遊び相手を破壊してしまう。リンゼー氏は、ゴリンとアイドルが使用している言葉を借りると、「同情的想像力」(sympathetic imagination, R.K. Gollin and J.L. Idol, Jr. 1991：47）が足りないのである。

ホーソーンは人生において大切なものは、この「同情的想像力」だと考えた。そしてその「同情的想像力」は、外に出て世間の荒波と戦い、金儲けに従事している男性にではなく、家庭に留まっている女性にこそ多くあると考えた。この作品の中で、作者はリンゼー夫人に関して次のように述べている。

「今までの人生において、彼女は、心一杯の子供らしい素朴さと信念を維持し続けていた。それは水晶のように純粋で清らかであった。そして、彼女は全てのことをこの媒介を通して見たので、時折、世間の人がナンセンスで、馬鹿げていると笑うほどに大層深遠な真理を見つけたのであった。」(... all through life, she had kept her heart full of childlike simplicity, and faith, which was as pure and clear as crystal ; and, looking at all matters through this transparent medium, she sometimes saw truths so profound, that other people laughed at them as nonsense and absurdity. *CE* 11：20)

この一文は、ホーソーンにおいては、人間に対して与えられる最高の賛辞である。

ホーソーンにとっての「同情的想像力」とは、物事をあるがままにではなく、物の背後にある精神的意義を共感を持って見るということであった。そしてそれはまた、丁度生活におけるユーモアのように、人生において余裕とくつろぎを与えてくれるものでもあった。先述したダールの短編作品に登場するルイーザは、ピアノを弾く時は自分一人が弾くのではなく、周りに多くの観衆がおり、今日は自分のベストのプログラムを披露するのだと考えて、ピアノを弾いた。そのことでそれだけ彼女の生活は楽しく、豊かになった。また、外から見れば、変わりばえのしない猫でも、そ

れはリストの生まれ変わりだと考えることによって一層その猫が可愛いく、かけがえのない存在に思えたのである。丁度、それと同じように、ホーソーンにとって「同情的想像力」は、人間の生活に大きな意義と生きる喜びを提供してくれるものであった。

　通りすがりのどんな人間も、それを「同情的想像力」を通して見るとどのように見えるだろうか。道端のどんな草花も、畑の案山子でさえも、「同情的想像力」の篩を通して見るとどのように見えるだろうか。ホーソーンはそのように考え、あらゆるものに興味を示した。だからホーソーンにとって、それは他人や自然界の万物を思いやる心でもあった。同情と想像力を以て、相手を見て、相手のことを知ろうとする。そして、相手の立場に立って物事を見ると、現実はどのように見えるかというのがホーソーンの基本的スタンスであった。「雪人形——子供の奇跡」のリンゼー夫人はそれが出来る女性であった。それは彼女の心のどこかに、人間を豊かに柔軟にする「同情的想像力」があったからである。ホーソーンの作品「雪人形——子供の奇跡」は、ホーソーンの女性像に関して、女性の持つ「同情的想像力」という観点から、際立った作品であると言える。

第8章 「優しい少年」
──狂信者の非情──

　前章「雪人形──子供の奇跡」でも述べたように、ホーソーンが最も嫌った人間は、「目で見ることのできるもの、指で触ることのできるもの」のみを愛し、ものの背後にある精神的意義、隠れた美を理解することのできない人間であった。ホーソーンは、そのような人間はただ「時間」の中にのみ生きており、「永遠」の中に生きようとしない人間であると軽蔑した。

　それは、例えば、先に述べた「美の芸術家」の中のピーター・ホーヴェンデンやロバート・ダンフォースであり、また後に述べる『ブライスデイル・ロマンス』(*The Blithedale Romance*, 1852) の中のウエスターヴェルトのような男である。ウエスターヴェルトは、自分が結婚した妻には少しも愛情を持たず、自分の利益のために彼女を利用しようとした。また、それがうまくいかないと分かると、今度は彼女の妹を自分の利益のために利用しようとした。彼には人間的な優しさとか思いやりとかは全く欠如している。彼は自分の利益や目先の都合のために周囲の者全てを利用するのである。このような人間をホーソーンは「全く俗物的で、俗世間的であり、時間とその粗野な物質のために作られ、一つの精神的な考えさえ持つことが出来ない」(altogether earthy, worldly, made for time and its gross objects, and incapable ... of so much as one spiritual idea. *CE* 3：241) 人間と言って軽蔑した。

　このような人間に次いでホーソーンが鋭い批判の対象にしたのは、「意固地な人間」(bigoted men)、一つの考え方のみに固執し、そこから一歩も

出ようとしない人間、いわゆる「偏執狂」(monomaniacs)である。これは「頑固」(stubborn)な人間とは少し意味が違う。ホーソーンの見解においては、「頑固」にはそれなりの美徳があって、良いこともなし遂げる可能性がある。例えば「美の芸術家」のオーウェンは非常に「頑固」な若者ではあったが、結局はその頑固さゆえに、彼の目的を達成し、人工の蝶を作ることができた。だから、この場合、「頑固」さ、一徹さはそれなりの価値、長所があったのである。いわゆる偏執狂に関して、ホーソーンが最も懸念したのは、彼らがその過程において相手の人間性を踏みにじったり、自分の信念やイデオロギーのためにその人間を利用しようとするからである。

　そして、ホーソーンは科学者において、そのような「偏執狂」が多く見られると考えた。彼らは科学に献身するあまり、その過程において、人間にとってもっとも大切なはずの、親子の愛や、夫婦の愛なども犠牲にするのである。『ラパチーニの娘』のラパチーニ博士はその典型であった。彼は彼の科学の実験、つまり、植物の毒性の研究において、それを自分の娘に適用し、娘を「地上に存在する最も恐ろしい毒」(the deadliest poison in existence, CE 10：117)に変えた。また、「あざ」の中のエイルマーもそのような傾向があった。彼は、一見理想主義者のようではあるが、実際の行為は自分の「あざ取り薬」を妻に実験しただけであった。当時は科学、特にその応用が万能と思われた時代であっただけに、ホーソーンは科学者の「行き過ぎ」と思われるものを懸念したのである。

　科学にもまして、ホーソーンが「偏執狂」を批判したのは、宗教の問題に関してである。宗教の問題に関して、ホーソーンが非難の言葉として頻繁に用いるのは bigotry とか、bigoted という言葉である。ホーソーンがこの問題にひどくこだわったのは、科学の場合と同様、それがひどく人間性を歪め、人間の尊厳を破壊することを恐れたからである。「彼の蓄積された膨大な知識の山に芥子の種ほどでも付け加えるために」(for the sake of adding so much as a grain of mustard-seed to the great heap of his accumulated knowledge CE 10：99-100)、科学者は人間性を踏みにじる恐れが多分にあった。それと同様に、宗教の名において、すなわち神のために、人間は

他の人間にどんなひどいことでも喜んでするのである。しかも、その被害者たるや、たった一人の人間にとどまらず、数多くの人間を平気で犠牲にしてしまう。

　ホーソーンには、当時の哲学者や文人をも含めて、他の誰よりもこのことを懸念する理由があった。ホーソーンの四代遡った先祖はジョン・ハソーン（John Hathorne, 1641-1717）といって、1692年にセイレムに起こった「魔女裁判事件」（Witchcraft　Trial,　現在では魔女妄想事件 Witchcraft Delusions と言われることが多いが、ここでは従来通りの名称を使用する）の判事の一人であった。

　この魔女裁判事件においては、18名が絞首刑にされ、もう一人（ジャイルズ・コリー）が圧死させられたのである。18名が絞首刑にされた場所は、今でもセイレムに「絞首刑の丘」（Gallows Hill）として残っている。当時の人々は魔女の実在性を信じていたため、これらの人々は「魔女」という有りもしない「罪」で処刑されたのである。この事件の数年後に、この裁判に係わった関係者の殆どは、過ちを認めて公の場で謝罪した。しかし、このジョン・ハソーンという人物は最後まで絶対に自分の過ちを認めようとはしなかった。

　さらに、このジョンの父ウィリアム・ハソーン（William Hathorne, c. 1543-c. 1625）は、アン・ハッチンスンやクエーカー教徒の迫害においても積極的に活躍した人物である。清教徒がアメリカへ入植してしばらくの後、イギリスからやはり信教の自由を求めて、クエーカー教徒が新大陸にやってきた。現在では、クエーカー教徒はその平和主義・反戦主義、環境保護運動等で知られているが、その当時のクエーカー教徒は今日とはかなり様子が異なっていて、古めかしい英語の使用（例えば、thou, thy, thee の使用や、friend という呼びかけ）や、黒い服や黒い幅広の帽子を常時着用し、税金を払わない、教会や牧師等の権威を認めようとしないなど、相当風変わりな存在であった。それらの中でも、とりわけピューリタンたちを憤慨させた

のは、クエーカー教徒たちが、神や聖書にもまして、彼らの言う「内なる光」(inner light) を尊重したことであった。彼らは瞑想・黙想を重んじ、体を震わせて（クエーカーの名の由来）彼らの信じる「内なる光」の導きを受けた。これは人間の外にではなく、人間の中に「神性」(divinity) を認める考え方であり、ピューリタンの信仰と完全に異なる考え方であった。従って、ピューリタンたちは、クエーカー教徒が本国イギリスで受けた迫害に増す迫害を彼らに加えたのである。そのため４人のクエーカー教徒が新大陸で殉教している。ウィリアム・ハソーン少佐はクエーカーの摘発と尋問において、セイレムでの中心的人物であった。

　アメリカの歴史や過去の出来事に深く興味を持ち、種々調べているうちにこの先祖の悪業を発見したホーソーンは、そのことに精神的打撃を受け、深く恥じた。人間が宗教的に不寛容になることの恐ろしさ、そして、自分が信ずる神のためならば人間はどんな非道なことでも平気ですること、それを避ける唯一の道は決して「偏執」的にならないことであると痛切に感じたのであった。そこでホーソーンは、それを心に銘記するために自分の名前をハソーンからホーソーンに変えた。つまりWを先祖伝来の名前に追加し、そのいまわしい名前を、白い可憐な花をつける「さんざし」(hawthorne) の意味をもつ名前に変えたのである。ホーソーンの決意のほどが感じられる。

　そしてホーソーンは、彼の文学作品において、魔女とか魔法使い、クエーカー教徒いじめとか、あるいはもっと抽象的に、宗教的頑迷さとか、宗教的不寛容さを主題にした多くの作品を書いたが、それは上記のことが彼の創作の原動力になっているのである。本章の主題である「優しい少年」もそのような流れの中で書かれたものである。しかし、この重要な作品を考察する前に、宗教的不寛容さということに関して、また、特にホーソーンにおける女性像の観点から一つの作品に言及しておきたい。その作品は「鉄石の男」("The Man of Adamant," 1837) である。

第8章 「優しい少年」　93

　「鉄石の男」において、リチャード・ディグビーは最初はイギリスで布教をしていたが、より多くの自由を求めてアメリカにやってきた。彼は宗教的に極めて意固地な人間であり、新大陸において罪深い人間同胞と一緒に生活し、聖書を読むのに我慢ならなくなった。彼は自分一人に神からの救済が約束されていると思い、自分一人で聖書の勉強に取り組む必要があるとの考えを持つに至った。それで彼はある日、村をあとにし、森の奥深くへと、自分一人で勤行に励める場所を求めて出掛けたのである。
　やがて彼は、人里遠く離れ、木々が鬱蒼と繁り、太陽の光が届くのが困難なような場所に一つの洞窟を見つけるのである。その洞窟は長年の水の作用で、鍾乳洞を形成していた。もう既に心臓病をわずらっているディグビーにとっては、ここはこの上なく彼の健康に悪い場所であった。その洞窟の近くには新鮮な水の湧き出る泉があったが、彼は彼の聖書の勉強の能率をあげるため、洞窟の中の滴り落ちる水を飲んだのである。ここで彼は聖書の研究をしたが、日光も届かない暗い場所であったので、また独善的な方法で読むため、聖書の読解においては絶えず間違いばかりしたのである。
　そしてこのようにして暮らしていると、ある日彼のところに、メアリー・ゴフというやつれ果てた若い女性が訪ねてくる。彼女は彼がイギリスにいた時の彼の信徒であり、艱難辛苦の末、やっとディグビーの住み処を探しあてたのである。彼女はこの場所が健康に悪いこと、また、聖書の研究ならば二人が一緒にしたほうがいいことなどを説明し、一緒に村に戻るよう説得するが、ディグビーは彼女の忠告に一向に耳を貸そうとしない。それどころか、自分の聖書の勉強に邪魔が入り、自分の天国への最終的救済が遅れると言って、彼女を罵倒するのである。
　ここに至って彼女は、彼を村へ連れ帰ることを諦め、近くの泉から新鮮な水を汲んできて、これがあなたの心臓病にいいから、せめてこれでも飲んで病気を治してほしいと懇願する。彼女のしつこさに腹をたてたディグビーは、こともあろうに読んでいた聖書を地面に投げ捨てて、彼女が手に持っていた容器を払いのけた。ところがその時、あまりの癇癪と興奮のた

めに、彼の弱っていた心臓は鼓動を停止するのである。それと同時に、メアリー・ゴフの姿もふっと消えてしまう。実はこのメアリー・ゴフという女性はそれより数ヶ月前にイギリスで死んでいた。ディグビーのもとにやってきたこの女性は、ディグビーを破滅から救うためにやって来た彼女の霊魂であった。

それから100年くらい経過し、この地域が開拓され、村になった。そして、子供たちがたまたまこの場所で遊んでいると、例の洞穴を偶然発見する。父親が近くの邪魔になっている樹木を伐採し、入り口を広げ、中に入ってみると、もの凄い形相をした男の姿が鍾乳洞の中に石灰岩で彫刻された像のように座っていた。長年の水と石灰岩の作用で、ディグビーの死体は石に変化していたのであった。これを気味悪がった村の人々は、この洞窟を砂と石で塞ぎ、二度とこの場所に近寄ることはなかったが、この石像は「鉄石の男」として子々孫々まで語り伝えられた。

この作品には「教訓的物語」(apologue)という副題が付いている。作者がいかに宗教における独善を嫌悪したかが推察できる物語である。ディグビーが独善の対象としたのは自分一人であった。そのため自分一人が石になるくらいですんだが、このような独善が多くの人間に及ぼされた場合、その被害は計り知れないものがあると作者は考えたことであろう。ホーソーンは極めて賢明にも、この男の「宗派」を明らかにしていない。

しかし、この男が新大陸における他の同胞のように、ピューリタンでなかったことは想像にかたくない。なぜなら、文中において村の他の者たちを毛嫌いし、彼らの「集会所」(meeting house)を呪う場面があるからである（「彼は集会所を呪った。彼はそれを、異教徒の偶像崇拝の寺院だと思ったからである」[He invoked] a curse on the meeting-house, which he regarded as a temple of heathen idolatry, *CE* 11：162)。あるいは、彼はピューリタンの中の異端者であろう。彼はイギリスにおける宗教的迫害を逃れて、新大陸に渡ってきた。

作品における彼と、彼を訪ねてきたメアリー・ゴフとの会話から、また

彼が聖書を地面にたたきつける仕種等からして、彼はクエーカー教徒であるような印象を受けるが、最近の研究では、ディグビーはロウジャー・ウィリアムズ（Roger Williams, 1603?-1683）の生涯と経歴に類似していることが指摘されている（Michael J. Colacurcio, *The Province of Piety*：*Moral History in Hawthorne's Early Tales*, 1995：142）。これは、ウィリアムズが、作品中のディグビーのように、宗教的に頑迷で自己中心的であったという意味ではなく、ピューリタンでありながら、周囲のピューリタンと激しく対立した点、また、彼らとは徹底的に「分離した道」を歩もうとした点がウィリアムズに類似しているということである。実際のウィリアムズは、信教の自由のために戦った人物であった。

　さて、この作品に表れた女性像もまた、男性の荒れる魂を和らげ、鎮め、洗練されたものにする「シビライザー」としての女性のイメージである。同時にそれは、ディグビーが彼女の助言を聞き入れ、その指図に従っていたなら、彼の魂を天国に誘ったであろうから、ダンテの「天国編」におけるベアトリーチェの役割も果している。ただ残念ながら、ディグビーはその偏執狂から、メアリーを受け入れることが出来なかった。こうして、女性を拒絶したため、彼は形相恐ろしい石になるという過酷な運命を迎えるのである。ホーソーンにおいて女性を拒絶した男性の運命はかくも哀れである。また、この作品はホーソーンがソフィアと知り合った年である1837年に書かれているから、男性の魂の救い主としての女性というイメージはホーソーンにおいて特に強かったと考えられる。

　こうして様々な作品で、女性の役割を賛美し、女性の優しさや、洞察力や、教養を褒め讃えたホーソーンであるが、これに対してよく言われる意見がある。それは、作品を書くにあたってホーソーンが一番気にしたのは、その作品がよく読まれるということであったという意見である。当時の文学作品の読者の大半は女性であった。だからホーソーンは女性を喜ばせようとして女性を高く持ち上げたというものである。これは一理ある意見である。ホーソーンが当時投稿した雑誌は、「トウクン」などの贈答用の雑誌

であったり、民主党の機関紙である「民主レビュー」(*The Democratic Review*)であった。これらの雑誌は主に女性向けであった。このようなことを考えると、確かに上記の意見は一見正当化されるようである。

しかし、この意見には見落としている点が3箇所ある。その一つは、ホーソーンの伝記的事実を考慮に入れていないことである。38歳でソフィアという理想の女性に出会った時のホーソーンの喜びは筆舌に尽くしがたいものがあったであろう。次に、このように女性を讃えることは、大体において中世以来の西洋文学の伝統であったということである。

それから最後に、ホーソーンは晩年の作品になればなるほど、当時の一般に人気を博した進歩的女性とは非常に異なる価値観を持った女性を登場させたということである。この最後の項目は特に注目すべきである。もしホーソーンが当時の女性読者におもねって、彼女らを喜ばせるような女性を描くことを意図していたとすれば、どうしてこのような読者の期待に逆らうようなことをわざわざする必要があったのか。職業作家として、ホーソーンは作品の売れ行きは常に非常に気にしたが(気にしない作家はおそらくどこの世界にもいないであろう)、読者におもねるようなことは決してしなかった。

「優しい少年」("The Gentle Boy," 1832)という話は、ホーソーンの短編作品の中でも一番長いものに属する。これも他の優れた短編と同じく、ホーソーンの文学的経歴の比較的初期のものである。これは、ホーソーンの妻のソフィアが非常に感動した作品の一つであり、彼女はこの作品の冒頭の場面を鉛筆によってスケッチしている。その絵は現在も、ホーソーン夫妻が結婚した後しばらく住んだ、マサチューセッツ州コンコードの「古い牧師館」(the Old Manse)に陳列してある。この物語は、ホーソーンにしては珍しく、まさに川が流れるごとく淡々と話が展開する。

トバイアス・ピアスンという男はかってはクロムウェル(Oliver Cromwell, 1599-1658)の軍隊で鉄騎兵だった人物だが、清教徒革命の後、ク

ロムウェルの独裁制に嫌気がさして、妻と共にアメリカにやってきた人物である。ある日の夕方、彼が森のはずれを通りかかると、6歳くらいの少年が盛り土をした墓の傍で泣いていた。その墓は処刑されたクエーカー教徒のもので、この子の父であった。哀れに思ったピアスンはこの子を家に連れて帰り、自分の子供として育てようとする。そのことを妻のドロシーに話すと、二人の間の子供たちを幼くして亡くしていた彼女は喜んでそれに賛成した。この子の名前はイルブラヒムという中東系の奇妙な名前であった。この子の母親はその夫と同じく、ピューリタンに激しく迫害されたが、どうやら死は免れ、ニューイングランドの荒野に追放されていた。ピアスンの家で、イルブラヒムはトバイアスとドロシーの愛情豊かな養育の下で、次第に子供らしさや人間的優しさを取り戻していった。この子は色白で、まさに天使を思わせるような子供であり、養父母に対しては優しく、人に対して恨みや悪意を全く抱かない子であった。このような素晴らしい子供を前にして、ピアスン夫妻はピューリタンが言うクエーカー教徒の「邪悪さ」とは一体何なのかと不思議に思うのである。

　ところが、周囲のピューリタンたちは、この夫妻がクエーカー教徒の子供を迎え入れたことで、憤慨し、彼等を白眼視し始め、ついに村八分にしてしまう。しかし、そうした周囲のピューリタンの嫌がらせに対して、ピアスン夫妻は何ら屈することなく、イルブラヒムを自分たちの子供として慈しむのである。

　しばらくして、ピアスン夫妻はイルブラヒムには宗教的教育が必要だと思い、彼を村の教会に連れていく。するとそこにイルブラヒムの母であるキャサリンが来ていた。彼女は髪を振り乱し、ボロ布を体にまとい、腰のところに紐を巻いていた。イルブラヒムは母を直ちに見つけ、すがりつく。しかし、キャサリンは自分は信仰のために、お前を置いて行き、喜んで殉教の道を歩むのだと言う。ここでドロシーは勇敢にキャサリンと対面し、この子を正式に養子にしたいと申し出る。夫も側からも妻のドロシーを援護すると、キャサリンは二人の申し出に感謝し、この子を二人に譲り渡すのである。

近くで、年上の一人の子供が木から落ちて重傷を負った。家が遠かったので、ドロシーがその子を自分の家に連れて帰ると、イルブラヒムは一心不乱にその子を看病する。その子はやがて回復して元気になり、元の遊び仲間の子供たちの所に戻る。イルブラヒムがその遊び仲間に入れてもらおうと、彼らのところに近寄ると、彼らは彼を棒切れで殴打し、石で激しく打ち据えた。それに耐えかねたイルブラヒムは、その中にさきに看病した子がいるのを見つけ、助けを求めて近寄る。するとその子は激しく棒でイルブラヒムの口を打ち据え、彼に瀕死の重傷を負わせるのである。近所の大人に救出されたイルブラヒムは、ドロシーの看病もあって回復するが、この事件以後、イルブラヒムはもとの明るい、無邪気な子供にもどることなく、病弱で、陰鬱で、母キャサリンの帰還のみを待ち詫びる、ひ弱な子供になってしまう。

　ある吹雪の吹き荒れる冬の夜、ピアスンが別のクエーカー教徒の男と話し込んでいると、イルブラヒムの母キャサリンが飛び込んできて、チャールズ二世による宗教の寛容令が発布され、迫害はもはやなくなったと告げる。この頃までには、イルブラヒムはすっかり衰弱し、瀕死の状態であった。そんな時に彼は母に会い、「悲しまないで、母さん。僕は今幸せだよ。」(Mourn not, dearest mother. I am happy now, CE 9：104) と言って母に抱かれて死ぬ。

　寛容令が発布されても、この地で迫害は長い間止むことはなかった。しかしながら、やがてこの地にも寛容の精神が行き渡り、多くの苦難や迫害に耐え抜いたキャサリンは、村の人々からそれなりの愛と尊敬をかち得るのである。その有り様は、死んだイルブラヒムが彼の母や村の人々に「本当の宗教」(true religion) とは何であるかを教えているかのようであった。

　一般に、宗教的問題に関しては、曖昧な発言をすることが多かったホーソーンであるがこの作品におけるホーソーンの立場は非常に明確である。この作品においては、ピューリタンもクエーカーも全く同罪である。作者は、両者とも頑迷で、偏狭であり「本当の宗教」の何たるかを全く知って

いないと言いたげである。本当の宗教を教える資格がもし誰かにあったとすれば、それは唯ひとり、暴力に対しても抵抗せず、迫害に対して愛で報いた子供のイルブラヒムであるとホーソーンは暗に仄めかしているかのようである。

　人間は理想とか、主義主張とか、信念を持って生きると、神ならぬ有限な人間であるがゆえに、必ず行き過ぎるという間違いをする。したがって、その間違いを防ぐ唯一の方法は、子供のように何の先入観や偏見も持たず、人間本来の自然な優しい心で、その場その場の成り行きに応じて、真心を尽くすことである、ホーソーンはこのように主張しているのである。ホーソーンにとって、「真の宗教」とは、何らかの理屈ではなく、親子の情愛とか、他の人間への思いやりとか、そのような人間の心の自然な発露に基づく「優しさ」としか言いようのないものである。

　ホーソーンは宗教的にはピューリタンの考え方と共通する多くのものを持っていた。例えば、人間の原罪についての考え方とか、老・病・死に対する考え方とか、人間の有限性の考え方である。これらは、いずれも当時のエマソンを始めとする超絶主義者たちが好んで無視するか、つとめて忘れようとした考えであった。こうして彼らは人間のやる気とか、改革への意欲をかき立てたのである。そして、それは人間の社会を良い方向へと動かすのに役立ったと思われる。

　しかし、ホーソーンはそのような風潮の中で、そのような楽天的考え方に警鐘を鳴らしたのである。だからと言って、ホーソーンがピューリタン的考え方に固執していたわけではない。それどころか、彼はピューリタンたちの中に潜む、上記の作品で述べられているような彼らの頑迷さ、偏執的な考え方には反対した。

　さて、この作品における女性像はどうなっているのであろうか。イルブラヒムの母であるキャサリンは非情な女性として描かれている。彼女は自分の宗教的イデオロギーのために、天から授かったはずの信託物を投げ捨て、喜んで殉教に走った。彼女もピューリタン同様、「本当の宗教」を知ら

ないのである。彼女が真のクエーカー教徒であるなら、彼女は何よりまず、彼女自身の中の「内なる光」(inner light)に相談してみるべきであった。天から授かったイルブラヒムを庇護し、心から慈しむことなしに、宗教の自由のために、周囲のピューリタンたちと激しく渡りあうことが果して人間として、母親としてとるべき道であったかと。

　ホーソーンの女性像の中でこの「優しい少年」の中のキャサリンは例外的な存在である。ホーソーンの作品において、女性が登場して、しかもその女性が一種の「偏執狂」であるのは、このキャサリンくらいではなかろうか。他の女性たちは、「永遠の女性」とか、「繋ぎ役」の女性像でまとめることができた。しかし、このキャサリンはそれらのイメージを当てはめることができない。

　これより10年後に、ヘスターやゼノビアやミリアムといった、「強い個性」を持った女性たちをホーソーンは登場させることになるのだが、この「優しい少年」という作品の中のキャサリンはその原型となっている。例えば、『緋文字』の中のヘスターは、しばしばアン・ハッチンソンと比べられているが、ハッチンソンのイメージはキャサリンのそれである。このような意味において、「優しい少年」の中のキャサリンはホーソーンの女性像の研究において、「永遠の女性」に対し対極的位置を占めているのである。

第9章 「若いグッドマン・ブラウン」
——闇の世界——

　ホーソーンの作品を現代の私達が読んで、大いに感銘を受ける一つの理由は、彼が人間の心の奥底に潜んでいる得体の知れないものに常に思いを馳せ、それを文学に表現しようとしたことである。彼は、人間の行動の奥底には、それへと人間を駆り立てる密かな心の動機があることを見抜いていた。彼は今日よく言われている意識下の世界、深層心理の世界に気づいていたのである。フロイト（Sigmund Freud, 1856-1939）が現れて、超自我・自我・イド等の用語を用いて意識下の世界を分析しようとしたのは19世紀の終わり頃である。しかし、ホーソーンは19世紀の前半において、既に意識下の世界の存在を感じとり、それを文学に表現しようとしたのである。

　ヘンリー・ジェイムズ（Henry James, 1843-1916）は、19世紀の後半にアメリカにおいて多くの優れた作品を書き、後にイギリスに帰化した作家である。彼はホーソーンに最も多く傾倒した作家の一人である。彼はホーソーンに関して次のように述べている。

　　「ホーソーンに関して素晴らしいことは、彼が人間の深層心理を重視したことであり、彼なりにそれを知ろうと努力したことである。」
　　(The fine thing in Hawthorne is that he cared for the deeper psychology, and that, in his way, he tried to become familiar with it. Henry James, reprint in 1956：51)

　ホーソーンの作品は、最初それを一読すると、どことなく単純で素朴な作品に見えるかもしれない。ところが、よく読んでみると、言葉の一語一語が極めて用意周到に準備され、職人芸の如く無駄なく配置されているの

が分かるのである。

　一例を挙げると、「牧師の黒いヴェール」("The Minister's Black Veil," 1836)である。これはフーパー牧師がいつも顔の上に黒いヴェールをかけて生活し、村の人々に薄気味悪い感じを与えたという物語である。村の人々が代表団を組んで牧師に顔のヴェールを取り払ってくれるように請願しても、彼はそのヴェールを除けようとせず、また彼の婚約者のエリザベスまでが、必死に懇願してもその願いを聞こうとせず、ついに彼はその黒いヴェールをつけたままこの世を去ったのである。この物語を最初読んだ時、私達は奇人の牧師が何か後悔の念か、秘密の罪のために、懺悔の目的としてそのようなことをしたのだと思いながら、この作品を読んでしまう。

　ところが、ホーソーンと同時代の作家エドガー・アラン・ポー(Edgar Allan Poe, 1809-49)が最初にこの物語を読んだ時、彼は即座にこの牧師は作品中に出てくる死んだ若い女性と不義・密通を働いていたのだと指摘したのである(Edgar Allan Poe, "Twice-Told Tales：A Review," *Critical Assessments*, 1991, Vol. 1：119)。そしてそのような観点からこの作品を読んでみると、全てがそこに収斂するように書いてあるのが分かる。フーパー牧師が棺の中のその女性の遺体を覗き込んだ時、「その女性の死体がわずかに震えた」(the corpse had slightly shuddered, *CE* 9：42)と作者は述べている。これは明らかにキリスト教の牧師でありながら、エリザベスという婚約者がいるにもかかわらず、不義・密通を犯した牧師の物語なのである。ホーソーンは何気ない言葉に、時として重要な意味を持たせ、不注意な読者なら容易に見落としてしまうほど、さりげなく物語をするのである。

　さらに別の例を挙げると、ホーソーンが32歳の時に書いた作品に「予言の肖像画」("The Prophetic Pictures," 1837)という作品がある。
　ウォルターとエレナーは、彼らの結婚に先立って二人の肖像画を描いてもらうことにする。二人がその肖像画を依頼した画家は、特異な才能を持

つ高名な肖像画家であった。彼は内面に何も感じられない平凡な依頼者からは、いくら金品を積まれても仕事を引き受けなかった。彼はただ彼の興味をかき立てる画題と成り得る客の依頼だけを引き受けるのである。彼は対象を深く洞察し、その真髄を肖像画に表現するだけでなく、肖像画の対象となった人物の将来までも予言することができると噂される、まさに魔法使いのような画家であった。この画家はウォルターとエレナーを見た瞬間に、何かを感じ、二人の肖像画を描くことに同意するのである。

　二人が何回かこの画家のアトリエに通ううちに、次第に二人の肖像画が出来上がっていく。それは彼らの若さと美しさを表現した素晴らしい肖像画であった。二人はその肖像画の出来ばえに満足するのであるが、その画家は最後に入念に、かつ慎重に仕上げの筆を入れる。完成した絵を見て二人は驚いた。ウォルターの絵は立派だが、幾分激しく断固とした表情に描かれている。エレナーの肖像画は、悲しそうな、恐れおののいた表情をしている。二人はこのことに対して画家に抗議するが、画家はこれが自分があなた方二人の中に見たものだ、と言う。二人はこの絵を家に持ち帰り、大広間に飾る。しかし、時の経過とともに、その肖像画に描かれた若さに輝く二人の顔は、暗い不安な表情へと変化して行く。そしていつしかその絵には絹の重い被いが掛けられ、二度とそれらが開かれることはなくなった。

　その間に、もはや人の手によって描かれた絵画からは学ぶべきものがなくなったその画家は、諸国を巡り歩き、大自然の中で絵の修業を積む。彼は誰を妻とすることもなく、誰を友とするでもなく、ただ絵の奥義を追求するという野望のもとに、諸国を旅するのである。

　彼は、自分が以前に描いたウォルターとエレナーの肖像のことが気になり、何年かの後に彼らの家を訪れる。すると大広間で、ウォルターは片手でエレナーを抱きかかえ、もう一方の手でエレナーの胸にナイフを突き刺そうとしている所であった。画家が大声で制止すると、ウォルターは「何と！　運命神が自分で決定したことを邪魔しようとするのか」("What! ... Does Fate impede its own decree?" *CE* 9：182) と呟く。また画家は、エレ

ナーに対して、「哀れな奥さん、私はあなたに警告していたでしょう」("Wretched lady! ... Did I not warn you?" *CE* 9：182) と言う。これに対して、エレナーは「そうでした、でも私は——ウォルターを愛していたのです」("Yes, you did ... But I——loved him!" *CE* 9：182) と答える。

　この時には、大広間の肖像画から絹の被いが取り払われていた。そこに描かれていたのは、エレナーに殺意を抱いた瞬間のウォルターの表情であり、また、苦悶と恐怖に慄くエレナーの表情であった。この絵はまさに「予言の肖像画」であったのである。

　この作品の筋を上記のように単純明快に述べると、非常に巧みな肖像画家がいて、対象となる人物の先の先の表情まで読み取って、それを絵に描いたのだが、何年か先に実際その通りになってしまったというものである。実際、読者の多くは長い間この作品をそのように読んで、何ら疑問を抱くことはなかった。ところが、この作品に関して、メアリー・ディックマン（Mary E. Dichmann）は、そのような読み方は極めて表面的であるとして、別の角度から解釈を試みている（Mary E. Dichmann, "Hawthorne's Prophetic Pictures," 1951, 188-202）。つまり、これは肖像画の奥義を究めるという野望に満ちた偏執狂的な画家が、自分の目的のために何も知らないウォルターとエレナーに暗示をかけて、殺人を犯すように仕向けたというのである。確かに、そのような観点でこの物語を読みかえしてみると、作者は最初から実に用意周到にさまざまなことを計算して話を展開していることが分かるのである。

　この作品において、エレナーは最初からどうもウォルターとの結婚に気が進まない。実はウォルターもそのことに気付いている。それをいちはやく見抜いた画家は、二人の将来が悲惨なものに終わるような絵をわざと描く。そして二人の心理を徐々にそのほうへ誘導していくのである。この物語を丁寧に読むとそれが注意深くなされているのが分かる。この画家は世間においては、画題の人物の心の奥底の真実を摑み取り、薄気味悪い程未来を予言する肖像画を描くという評判を持った画家である。二人は最初か

らそのような先入観を持った上でこの画家を訪問する。そして見事にこの画家の暗示にひっかかるのである。もし世間においてそのような噂がなかったら、二人は彼の計画にはまらなかったかもしれない。これはまさに自縄自縛である。

　さらにこの画家の企みの総仕上げは、彼がクレヨンによる「二人のスケッチ」なるものを、エレナーに、しかもエレナーだけに見せる時に起こる。作者ホーソーンはこのクレヨンによる「二人のスケッチ」にどのような絵が描かれていたかは、明らかにしていない。しかし、先のディックマンは、ここに描かれていたのは、ウォルターによるエレナーの殺害の絵であったと指摘している（Mary E. Dichmann, 1951：199）。だからエレナーはこの絵を見て、気絶せんばかりに驚くのである。

　しかも、作者ホーソーンは、「その時ウォルターがスケッチを見たとしてもおかしくないほど、そのスケッチに近付いていた。もっとも、彼女は、彼がその絵を実際に見たかどうかは分からなかった。」(Walter had advanced near enough to have seen the sketch, though she could not determine whether it had caught his eyes. CE 9：176) と述べているのである。つまり、彼もこの殺人の絵を見て、見事に画家の暗示にかけられてしまった。ウォルターは、エレナーの殺害は自分の運命だと思ってしまうのである。

　これは現代的に言うと、サブリミナル・アドならぬサブリミナル殺人である。世の中の何を犠牲にしてでも絵の真髄に迫ろうとする偏執的野望を持ったこの画家は、自らは一切手を下さず、自分の絵を利用して殺人を犯させようとするのである。そしてその結果、彼が得るものと言えば、自分の絵の出来映えの素晴らしさに対する自己満足である。19世紀の前半に、まだ人間の深層心理や潜在意識に関することがよく解明されていない時代に、ホーソーンはかくも深く人間の「心の真実」に迫ったのであった。小説の構造を研究対象にしたヘンリー・ジェイムズがホーソーンを賞賛したのも蓋し当然であろう。

　さらにホーソーンは、深層心理や潜在意識のみならず、当時としては全

くタブーであった「近親相姦」(incest)の問題にまで関心を寄せているのである。それが示されているのが、「アリス・ドーンの訴え」("Alice Doan's Appeal," 1835) という作品である。これもホーソーンの最も初期の作品の一つである。この奇妙な物語は、作者ホーソーン自身が「アリス・ドーンの訴え」という物語をセイレムの郊外の「絞首台の丘」(Gallows Hill) と呼ばれる場所で、二人の女性に読んで聞かせるという設定になっている。

　6月のある夕方、ホーソーンは二人の女性を伴ってセイレムの郊外にある「絞首台の丘」へ散歩に出かける。この丘はその昔、多くの人たちが魔女や魔法使いという全くいわれのない罪で処刑された場所である。処刑された人たちの死骸は、近くの岩場に投げ捨てられた。ここは比較的平坦な場所であり、今では「ヒトツバエニシダ」(wood-wax) と呼ばれる雑草が丘全体を覆い尽くしている。ここからは、セイレムの家並とその向こうに広がる海が見渡せる。時刻は夕方であり、次第に夜の帳が町全体に降りようとしている時である。ホーソーンは二人の女性を岩の上に座らせ、「アリス・ドーンの訴え」と題する物語を読んで聞かせる。

　今から150年程前、レオナード・ドーンという青年がいた。彼は病気がちで、神経質であり、極めて意固地な男であった。彼にはアリスという妹がいて、彼女は兄の面倒をよく看て、病気がちな兄の心をなごませた。やがて、この二人の前にウォルター・ブロムという男が現れた。彼はイギリスで教育を受け、アメリカに帰ってきたばかりであった。

　彼は社交的で、如才のない男であったが、不思議なことに、その容貌や気質がレオナードに非常によく似ており、同じ場所で生まれた二人の人間が、その生活経験や経歴の違いから、表面的に種々の異なりを見せているといった様子であった。このウォルターはアリスが好きになり、アリスもウォルターに好意を感じるようになり、二人の距離は次第に縮まっていった。ところが、レオナードはどうもこれが不愉快でたまらない。彼の家族はインディアンの襲撃で全て殺され、生き残った身内はアリス一人であった。だから、自分からアリスを奪われることは、生活の生き甲斐を奪われ

るに等しかった。

　ある日、レオナードは路上でウォルターに会う。二人は喧嘩を始めるが、ウォルターがアリスを辱めたその明確な証拠を彼に突きつけて嘲笑するに及んで、レオナードはウォルターを殴打して殺してしまう。そしてその死体を湖の近くの人目につかない場所に捨てる。その死体はやがて発見され町中大騒ぎになる。アリスまでも殺してしまいたいという気になったレオナードは、自分をどうしてよいか分からず、町はずれに住んでいる魔法使いのところに相談に行く。

　やがて、レオナード、アリス、それに魔法使いの三人は真夜中に、ウォルターが埋葬されている墓地に行く。すると墓の中から幽霊や悪魔や鬼どもが次々と現れ、三人を嘲り笑う。その中にはウォルターの幽霊もいた。アリスはウォルターに「凌辱の事実はなかった」と訴えると、ウォルターはそれを認め、アリスを罪と汚れから解放する。するとその場の全ての幽霊や鬼どもが姿を消すのである。実は、ウォルターは、レオナードとアリスが小さい時に別れた双子の兄弟であった。そしてこの事件は、そのような事実を知っていた魔法使いが、意地悪い性質から、全て企んだものであった。

　以上のような物語を、ホーソーンは断片的な状態で二人の女性たちに語る。それからホーソーンは、この「絞首台の丘」で昔実際に何が起こったか、いかに多くの無実の人がこの丘に連行され、いかに多くの町の人々が彼らを罵倒したか、また、神学界の大物であるコトン・マザー（Cotton Mather, 1663-1728）が、いかにこれらの人々を死刑に処すべく民衆を駆り立てたか、その状況を語る。そしてそれを聞いて、二人の女性たちは涙を流すのである。

　この作品中の「劇中劇」ともいうべきレオナード、アリス、それにウォルターの三角関係において、ホーソーンが「近親相姦」を念頭においていたことは、三人が兄妹であったという状況設定において明白であると思われる。この劇中劇のストーリーは、作者によって断片的に語られるだけで

あり、その全体が現在残っていないのは残念である。ヴィクトリア朝という、性道徳が厳しく、またその描写にも厳しい制限が存在していた時代において、ホーソーンがこのようなテーマに着手したのには驚きの念を禁じえない。また、ホーソーンは、批評家が指摘するように、「ラパチーニの娘」においても、また晩年の作品である『大理石の牧羊神』においても、「近親相姦」のテーマを持ち出しており、このテーマはこの作家の根底に横たわっていたものと思われる。

そして、「予言の肖像画」あるいは「アリス・ドーンの訴え」以上に、人間の深層心理あるいは潜在意識を問題にしたのが、本章のテーマである「若いグッドマン・ブラウン」("Young Goodman Brown," 1835) である。

「グッドマン」というのは、17世紀における男性の呼称である。その当時には、「ミスター」は大地主とか、町の有力者に用いられ、それよりも低い身分のもの、つまり、大半の男性は「グッドマン」という呼称で呼ばれた。さらに、「ブラウン」という名は極めてありふれた名前であるから、この名前は「誰でもいい」「誰にでも起こりうること」という意味を暗に示していると解釈できる。

この作品がホーソーンの作品群の中でも、特に名作だとされているのは、物語中で語られている表面的な意味の他に、夜の森という不気味な場面を背景にして、若者の揺れ動く心理を見事に表現した作品だからである。しかし、この章においては、ブラウンの潜在意識のみならず、ホーソーンの作品における女性像の観点からも、この作品を考察してみたい。

セイレム村にブラウンという若者が住んでいた。彼はフェイスという女性と3ケ月前に結婚したばかりである。ある夜、前からの約束のため、彼は妻の反対を押し切り、不安がる新妻を一人残して森に行く。

森の中では、奇妙な男が彼を待ちかまえていて、暫くの間彼の道案内をする。この男は、道行きをしぶるブラウンに対して、ブラウンの家の先祖の全ての者が自分の案内で森に行ったと伝える。二人が森の奥へ奥へと進んでいると、ブラウンが子供のころ教義問答を習った敬虔な婦人が森へ行

こうとしている。さらにしばらくすると教会の牧師や牧師補までが馬に乗って、森の奥へと急いでいるのである。ブラウンは自分一人がこの邪悪な旅に行くのかと思っていたが、村の善良な人々も同様に森の中へ行こうとしているのを知って幾分安心するのである。しかし、それでもためらっていると、先程の男は、それでは勝手にせよと言って、森の中にブラウンを独り置いて、去って行く。

　ブラウンが一人で暗い森の中に佇み、どうしたものかと思案していると、どこらかともなく女性の声がする。多くの人々が、嫌がる一人の若い女性を森の奥深くへ連れて行こうとしているようである。その声はどうやら、村に残してきた彼の妻フェイスのようだ。驚いたブラウンが「フェイス！」と叫ぶと、空からいつも妻が頭につけているピンクのリボンが落ちてくる。これを見て、自分の妻までが森の中へ行こうとしているのを知って、彼は急に意を決して、杖を振り回しながら森の奥へと物凄い勢いで突き進んで行くのである。

　ブラウンが森の奥へ奥へと進んで行くと、やがて広場のようなところに出た。そこには前方に大きな岩があり、その周囲に4本のまるで松明のように燃え盛っている松の木があった。その広場には多くの人々が集まり、賛美歌のようなものを歌っている。ブラウンはそれらの人々を見て驚いた。彼らは平素、村でいつも彼が会い、尊敬している人々である。牧師もいれば、教師もいるし、身分の高い人低い人、老若男女、村のあらゆる職業・階層の人々がその集会に参加しているのである。ブラウンが善人だと思っていた人々がすべてその集会に参加している。暗い森の中の燃え盛る松の炎に照らされて、彼らの顔は不気味な集団となってブラウンの目に点滅するのである。

　やがてこの集会のリーダーらしき男が皆の前で演説を始める。彼は表面的な善行のかげに隠れて、いかに多くの人間が悪行を行っているかに関して滔々と演説をし、人間の真の姿は悪であり、悪こそが人間の唯一の幸せなのだと論じる。そして、今宵また、この悪の集団に一人の若い男性と、一人の若い女性が仲間入りすると言って、ブラウンともう一人の女性を群

衆の前に呼び出す。ブラウンはその女性が妻のフェイスであるのを知って驚く。やがてリーダーと思われる男が、二人に血の洗礼の儀式をしようとしたとき、ブラウンは大声で妻に「天を見上げて、悪魔と戦え」("Look up to Heaven, and resist the Wicked One" *CE* 10：88) と叫んで気を失うのである。

　我にかえると、ブラウンは露に濡れながら自分が森の中で寝ていたことに気づく。村に帰ると、森の中で会った人々がいつもと変わらぬ生活している。妻のフェイスまでが、喜色満面で彼を出迎える。しかし、あの一夜の経験でブラウンは、彼の妻を含めて、全ての人が信じられなくなってしまった。彼はそれ以後、陰気なふさぎこんだ人間となり、それから立ち直ることなく、やがて死んでいくのである。森の中でのブラウンの経験が実際に起こったことであれ、あるいは彼が森の中で夢を見たのであれ、それは彼にとって非常にショッキングな経験となったのである。

　この話がブラウンの夢ではなく現実の話だとすると、この物語はピューリタンたちの偽善的生活への非難の物語となる。彼らは表面は善良であり、いかにも敬虔かつ慎み深い生活をしているが、一皮むけば森の中の乱痴気騒ぎや、リーダーとおぼしき男が述べているような不道徳極まりない生活を送っているのである。町の全ての人々が、牧師や司祭やその他有徳の夫人まで含めて、偽善的生活を送っている。彼らにとってはまさに、「悪こそがおまえたちの唯一の幸福」(Evil must be your only happiness, *CE* 10：88) なのである。

　しかし人間存在に関するこのような理解の仕方はいかにも一面的であり、極端である。とすると、問題の根源はむしろ人間をそのようにとらえるブラウン自身の心の中に求められるべきではないだろうか。

　この物語に関して種々の解釈が可能であるが、私はこれを大人の生活や社会に溶け込めなかった一人の若者の物語であると考えたい。そして彼を大人の生活に溶け込めなくした最大の原因はピューリタンたちの厳しい「性生活」への戒律である。ピューリタンたちは、人間の感情を搔き立てる

第9章 「若いグッドマン・ブラウン」　*111*

あらゆるものを「罪」として退けた。特に「性」に関しては、彼らはこれを「肉欲」(carnal sin) として退け、その誘惑に負けないよう繰り返し教えた。子供達は幼い頃から「教義問答書」(Catechism) を通してこれを教えられたのである。物語中、ブラウンが「教義問答」を教えてくれた女性に出会って、特にショックをおぼえるのはこのためである。

　そういうわけで、性行為への拒否反応は早くからブラウンの心の中に「刷り込み」されていた。そのような状況でブラウンはフェイス（Faith,「信仰」）と結婚した。彼等が新婚3ケ月であると物語の最初に書いてある。これが彼の森への旅の唯一の動機なのである。ブラウンは妻との性生活がうまく行ってない。「肉欲」はブラウンにとっては「悪」であり「罪」であった。妻との結婚を通して、ブラウンは実は全ての人間が「悪」を行っており、「罪」を犯しているのだと悟るのである。だから森での一夜の経験は、実はブラウンの心の中の葛藤のまさに絵画的表現に他ならない。人間は誰しも、ブラウンが経験したのと同じようなことをそれぞれに経験して、大人へと成長していくのであるが、ピューリタンたちの厳しすぎる「性」への戒律をまともに信じたブラウンにはそれができなかった。作者ホーソーンのピューリタニズムへの非難がこの作品にあるとすれば、まさしくこの点にあると言えるであろう。

　そういう意味でこの作品において、ブラウンの妻フェイスの役割は大きなものとなる。彼が森へ旅立とうとする時に、彼は次のように言っている。

　　　「この一夜の後は、僕はフェイスのスカートにつかまって、彼女といっしょに天国まで行くのだ。」("after this one night, I'll cling to her skirts and follow her to heaven" *CE* 10：75)

つまり、フェイスはホーソーンの作品における常のパターンの如く、男性の魂を天国に誘う存在なのである。彼女こそは、その名の通り、「信仰」であり、優しさの象徴であり、純粋さの象徴である。彼がこの女性と手を携えて、この女性のそばにいる限り、彼は安泰であった。森の中で、ブラウンは今度の旅に気がすすまず、長い間躊躇するのであるが、妻のピンク

のリボンが天から落ちてくるの見て仰天し、彼は意を決して、森の奥へ奥へと悪鬼の如く突進して行くのである。彼は妻までもが「堕落している」と思った。

　妻も一人の、ただの血の通った人間である。完全に清らかな存在でもないし、完全に汚れた存在でもない。しかし、そのような妻の中に悪の存在、汚れた存在、肉欲を有し、罪を犯す存在という一面的な存在しか見なかったところにブラウンの悲劇があった。つまり、ホーソーンの物語によくあるように、この物語においても、ブラウンという男性は、彼の狭い料簡のゆえに女性を受け入れることが出来なかった典型的な男である。

　そのような観点に立ってこの物語を見ると、この物語は以前述べた「鉄石の男」と共通したところがある。この「若いグッドマン・ブラウン」において、ホーソーンが女性像に関して一歩前進したと考えられる点は、女性のもつ「性」の面に光を当てたことである。ホーソーンは先に言及した近親相姦の件と言い、性の問題と言い、当時はタブーとされていた問題に関して、冷徹な目を向け、細かに観察し、その底に蠢く人間の根深い情念のようなものを作品において表現しようとしたのである。

第10章 『緋文字』
——女性の自立——

　長編『緋文字』(*The Scarlet Letter*, 1850) はホーソーンの最大の傑作とみなされているものである。ホーソーンはこれをわずか半年で書き上げた。普通ホーソーンは短編一本を書き上げるにも相当の日数を費やしたから、これはホーソーンにしては異例の速さである。このように比較的短期間にこの作品を書きあげることができた理由の一つは、この作品に現れる個々の状況は、既にホーソーンがこれまでの短編作品において、様々な形で問題にしてきたものばかりだったからである。この長編作品は、ホーソーンにとっては長編の出発点であると同時に、今までの作品の集大成でもあった。

　まず、いつも胸に手を当てて、秘密の罪に悩む牧師ディムズデイルについては、これは「牧師の黒いヴェール」において、常に薄い黒いヴェールを顔の前に垂らし、世間に自分の顔を晒すことを頑なに拒み続け、ひとり秘密の罪に悩んでいるフーパー牧師を原型としている。
　また、復讐の一点に精力を傾け、医師でありながら、その知識を最大限に活用して牧師を責め苛む偏執狂の男チリングワースは、同じく医師であり、自分の飽くなき知識欲のために娘をも犠牲にして科学の研究に邁進しようとする、「ラパチーニの娘」の中の科学者ラパチーニ博士を彷彿とさせるものがある。
　さらに、非常に頑迷であり、社会を聖書に書いてある通りに運営・支配していこうとする原理主義的ピューリタン社会は、ホーソーンが幾度となく短編において描写してきたものである（例えば、「メリー・マウントの五月

柱」"The May-Pole of Merry Mount," 1836)。また、ヘスター自身も、既にその原型が「エンディコットと赤十字」("Endicott and the Red Cross," 1838) の中に見られる。

　黒髪の東洋的美しさを湛えているヘスター・プリンは、夫チリングワースをオランダのライデンに残し、一足先にマサチューセッツ湾植民地のボストンに移住してきた。この地において、ヘスターはディムズデイルという、オックスフォード大学を出てこの地に移住し、教区牧師をしていた若い牧師と知り合う。そして二人は世間には秘密の深い関係になり、ヘスターは身ごもり、女の子を出産する、そしてこの子にパールという名をつける。戒律厳しいピューリタン社会の為政者たちは、この子の父親の名を明かせと迫るが、ヘスターは頑として聞き入れない。そのため、彼らは、「姦通女」をあらわすAの文字を胸につけて一生涯暮らすという罰を彼女に与える。
　オランダから様々な難儀に遭いながら、やっと湾植民地に辿り着いた夫のチリングワースは、自分の妻が姦通の罪を犯して子供まで産んでいるのを知って驚く。彼は医者を職業としていた。それは植民地では貴重な存在であり、たちまち社会の信頼を得るようになる。学識豊かな医者を装いながらも、妻を寝取られた夫の直感でもって、自分の妻の相手が牧師のディムズデイルであることを直ちに感じ取るのである。そして、周囲の勧めを口実に、牧師と一つ屋根の下に住むようになる。有能な牧師の健康を管理するという大義名分のもとに、秘密の罪をかかえる牧師の心に刺をさすような発言を繰り返して、牧師を苦しめる。
　ディムズデイルは、自分の聖職や湾植民地における高い地位のことを考えると、どうしても自分の罪を公にさらす勇気がなく、苦悶する。聖書において、「汝、姦淫するなかれ」(Thou shalt not commit adultery.) はモーゼの十戒の一項目であるが、彼はその戒めを自ら破っているのである。この良心の呵責に苛まれた彼は、日に日に痩せ衰えていく。また、彼は夜になると教会の裏の小部屋において、笞で自らの体を打つなどの自虐的行動

をとる。そして教会においては、「世に自分ほど、罪深く汚れた者はいない」と会衆に訴える。しかし自分を責めれば責めるほど、人々は彼を崇高な牧師として崇めるのである。

　やがて、7年の歳月が流れる。その間にヘスターは社会のあり方、特に社会における女性のあり方を深く考えるようになる。女性が差別され、虐げられた状態におかれているような社会のあり方では、女性はたとえどんなに幸福に見えようとも、男女平等の関係に基づく、人間としての真の幸福を得ることはできないと思うようになる。このような考えをヘスターは心に抱き、そのような男女の新しい関係に基盤を置いた社会を建設するためには、社会はいったん破壊され、そこから新たに作り直される必要があるとヘスターは思索する。ヘスターの胸の内にあるこの考えは、ピューリタン社会にとっては、姦通などよりはるかに大きな、かつ重大な「罪」であった。

　牧師ディムズデイルがチリングワースに付きまとわれ、衰弱しきっていることを知ったヘスターは、牧師の親切な主治医のように振る舞っているこの男が、実は自分の夫であることを牧師に知らせる決心をする。ヘスターはパールを連れて、近くの森でディムズデイルと会見する。事実を知った牧師は驚愕する。ヘスターは3人でどこか遠方の地へ逃亡しようと提案し、牧師もこの提案を受け入れる。

　いよいよ逃亡の日がやってくる。その日は丁度選挙祝賀の日であり、牧師は選挙祝賀の演説をしたあと全ての会衆の前で、ヘスターとパールを引き寄せ、自分がこの子の父であったことを告白した後、生き絶える。復讐の対象を失ったチリングワースも引き抜かれた雑草が萎んでいくように、この後まもなく死ぬ。

　やがてヘスターとパールはニューイングランドの地を離れ、ヨーロッパに渡る。しかし長い年月の後に、ヘスターだけまたこの地に戻り、昔のようにAという緋文字の罪の印を胸につけ、大きな苦悩を経験した女性として、病める人、虐げられた人のために尽くす。特に不幸に見舞われた女性に対してはそのうち必ず、男女の平等に基づく新しい社会が生まれること

を説いて、夢と希望を与えた。この頃にはかっての恥の印Aは、その元来の意味を失い「アドミラブル」（admirable, 立派）とか「エイブル」（able, 有能）とか、「エンゼル」（angel, 天使）の意味を持つようになる。やがて、ヘスター自身も死に、その亡骸は牧師ディムズデイルの墓の側に葬られるのである。

　これまでの章において考察してきたホーソンの作品における女性像は、多分に伝統的なものであった。家庭にあって読書や思索や趣味に費やす時間のある女性は、男性にたいして、より優れた知性・感性を備え、教養を身につけている。それで女性はその優れた知性や教養で、世の荒波に揉まれて粗野になりがちな男性を洗練し、その魂の浄化を計るというものであった。この意味において、男性が女性を拒むことは、そのような魂の浄化・向上を拒否することにつながり、破滅へと運命づけられることとなる。
　さらに、女性は男性を家庭へと繋ぐものであったから、女性を拒否する男性は、人間という、大きな鎖に連なることが不可能になる。ホーソンの今迄の作品における女性像はだいたいこのようなイメージで貫かれていた。つまり、男性の「行動する人」（doer）に対する、女性の「文明化する人」（civilizer）のイメージである。

　しかし、『緋文字』の中で、作者ホーソンはその女性像において大きな展開を見せている。すなわち、そのような表面上は男性を「文明化する人」、あるいは、男性をより高きに導く「永遠の女性」（eternal woman）という美しい役割を与えられている女性が、現実には家庭の中に閉じ込められ、家事や育児に専念させられ、社会での活躍の場を与えられていない。果してそれが真に女性の幸福と言えるのであろうか。このような問題をホーソンは取り上げたのである。これはホーソンがそれまでのどの作品においても扱わなかった問題である。ピューリタン社会の為政者たちによって、また共同体の住人たちによって村八分にされ、孤独の生活を送っ

ている時のヘスターの考えは、現代的に言えば、まさに「ウーマンリブ」の先兵である。この状況は、『緋文字』の第13章「ヘスターの別の考え」("Another View of Hester") の中で述べられている。

　ヘスターにとって、二人の神聖なる愛ゆえに、ディムズデイルと犯した「罪」に対するピューリタン社会の干渉は、いわば個人の自由に対する侵害であり、そのような社会こそ革命的に破壊されなくてはならない。また為政者や牧師などのすべての要職が男性によって占められ、社会全体が男性によってとりしきられているような社会において、真の女性の幸福というものが存在するのだろうか。女性の本当の幸福のためには、男女平等の原則にもとづいて、社会全体が新たに作り直される必要があるのではないか。ヘスターはこのように考えるのである。そのために自分は、異端のかどでピューリタンから迫害され、ロードアイランドに追放され、そこで悲劇的死を迎えたあのアン・ハッチンソンのような殉教者になるよう運命づけられているのではなかろうか。思索の自由を得たヘスターはこのように独り心の迷路をさ迷うのである。

　ところで『緋文字』の中で、ヘスターとの関連において、アン・ハッチンソンへの言及がなされていることは重要である。
　彼女は実在の女性であり、「人間の魂の救済は（個人に内在する）聖霊のインスピレーションを媒介として、また、教会と国家の法への服従とは関係なく、神の恩寵と愛を個人が直観することによって得られる。」(salvation comes by individual intuition of God's grace and love through inspiration of the Holy Spirit and without regard to obedience to the laws of church and state. Anne Hutchinson, *Encylopaedia Americana*) という彼女の考え方は、当時のピューリタンの考え方と真っ向から対立するものであった。
　何故なら、ピューリタニズムの大前提は「人間は徹底的に堕落した存在であり、常に神の善導にたよらなければならない。人間の魂の救済は、この神の恩寵によってのみ得られる。人間は国家や教会の法・道徳律を超越しておらず、それらに支配される」というものであったからである。この

アン・ハッチンソンの人間の魂の救済に関する徹底した個人主義は、当時多くの共感者を集めた。また、このような問題に関して、女性の発言権を認めるか否かに関して、それを是とする者、それを否とする者に社会は大きく分かれたのである。当初、彼女は教会の長老たちに対して、よく自己を弁護したが、ついにアクイドネク（今のロードアイランド）に追放の処分を受けた。当時このような問題に関しては、異端者はしばしば処刑されたから、これは異例の軽い処置と言える。

　ホーソーンはよほどこのアン・ハッチンソンという女性が気になったと見えて、「ハッチンソン夫人」("Mrs. Hutchinson," 1830) という伝記的素描 (Biographical Sketches) を残している。この中でホーソーンは、当時のマサチューセッツ湾植民地の総督サー・ヘンリー・ヴェイン (Sir Henry Vane, 1613-1662) や当代随一の牧師であったジョン・コトン (John Cotton, 1584-1652) に支持されながら、独自の異端的説教を続けるこの女性、また湾植民地で宗教会議にかけられながら、並いる長老たちの前で雄弁に自分の意見を述べるこの女性の姿を描いている。そして、追放先の地で彼女を含めて16名の者が夕方祈りを捧げているところをインディアンの一隊に襲われ、幼い娘（スザンナ）一人を除いて全員が殺害された事件を記している。

　『緋文字』において、ホーソーンがヘスターの孤独な「胸の内」を述べる際に、アン・ハッチンソンを引き合いに出したのは、ピューリタン社会におけるアン・ハッチンソンの異端的考え方をヘスターのそれになぞらえたからであると思われるが、それにもましてホーソーンがアン・ハッチンソンに言及した理由は、彼女の女性の権利のための戦いに注目したからであろう。

　17世紀におけるこのアン・ハッチンソンの事件は、ただ宗教的異端か否かの問題にとどまらず、当時の社会では全くのタブーであった、女性が宗教的問題に嘴をはさむことができるか、そしてそれを牧師たちや長老たち（全て男性たち）の前で発言することができるかという、女性の地位や権利に係わる問題でもあったのである。彼女が、聖書からの引用には聖書から

の引用で応酬しながら素晴らしい弁明を行うと、ジョン・ウィンスロップ総督（John Winthrop, 1588-1649）は、女性との知的論争に形勢不利となったことに屈辱を感じ、「我々はあなたがた女性と話すつもりはない」と警告したのであった（サラ・エヴァンズ、『アメリカの女性の歴史』小桧山ルイ他訳、1971：61）。アン・ハッチンソンは、新大陸アメリカにおける最初の女性の権利運動家であった。ホーソーンが「ハッチンソン夫人」という伝記的素描を書いたのも、彼女のそのような女性の権利のための戦いという側面に注目したからに他ならない。

　それでは、17世紀のボストンを舞台にした『緋文字』という作品を書く時に、何故ホーソーンは上記のようなことを引き合いに出す必要があったのであろうか。ヘスターという女性を通して、何故「個人の自由」とか、「男女の地位の平等」とか「女性の権利」といった、これ以後200年も経てから人口に膾炙されるようになった事柄を問題にしたのであろうか。いかにヘスターが「進歩的な女性」（advanced woman）であったとしても、世はまだ17世紀であり、大陸では王権神授説がまかり通っていた時代である。イギリスではようやく清教徒革命が勃発しようとしていた時代であった。湾植民地の一女性であったヘスターが上記のようなことを、たとえ作者が断っているように、「胸の中だけ」の考えとはいえ、問題にするには時代が早すぎるのである。

　このようなことを考えてみる時、私達は、この『緋文字』という小説が書かれた時代背景を考えざるを得ない。既に述べたように、この作品が書かれた1850年は、アメリカの歴史においてはいわゆる「改革の時代」（Era of Reform）と呼ばれる時代であった。1812年の対英戦争における米国の劇的勝利、それに続くアンドルー・ジャクソン（Andrew Jackson, 1743-1826）の大統領への就任は、市民の間にやる気と改革への意欲を漲らせた。彼は選挙においてテネシー州の丸太小屋出身であり、田舎者の平民であるというイメージをことさら強調した。ジャクソンの大統領就任式後に開催された祝賀会においては、庶民がホワイト・ハウスの中や周囲に満

ち溢れ、大混雑となった。このような熱気は1860年の南北戦争の前までつづき、市民はありとあらゆる事柄に関して社会の改革・改善のために精力を傾けたのである。

その中の一つが女性の権利運動（Women's Rights）である。米国においては女性の権利運動は比較的はやくから認識されていた。女性の種々の権利が十分に考慮されていないことは、ジェファソン（Thomas Jefferson, 1743-1826）の独立宣言を読んだ心ある全ての女性にとって明白なことであった。特に、米国法制における「長子相続・限嗣相続権」（primogeniture and entailment）の制度、それに女性には財産の処分権がないこと、妻の財産は夫のものになること等は、その女性差別ゆえに、多くの女性を憤慨させた。しかし、このような女性の側の認識も、アメリカの独立戦争やその後の国づくりという国家的大事業の前には、何ら結集した力とはならなかった。女性には参政権がなく、公衆の前での女性の発言権等が拒否されていて、社会のあらゆる分野において女性への門戸が閉ざされていることが認識され、女性の権利運動が展開され始めたのが、丁度のこの「改革の時代」なのである。

その当時、ホーソーンはこのような女性の権利運動については熟知していた。それは彼の義姉のエリザベス・ピーボディ（Elizabeth Peabody, 1804-1894）がこの分野で活躍しており、ホーソーンの妻ソフィア（エリザベスの妹）をも巻きこんで熱心な運動を展開していたからである。また、ホーソーンは、当時の文壇や思想界の花形的存在であったマーガレット・フラー（Margaret Fuller, 1810-1850）と知己であった。この才気煥発な女性は、『19世紀における女性』（*Women in the Nineteenth Century*, 1845）という本を書き、女性も男性と並んでその才能を十分に発揮させる機会を与えられるべきであり、社会の便宜や都合でその発展が妨げられるべきでないとする、主に超絶主義的な観点からの女性論を展開した。

このような状況を考えてみると、なぜ『緋文字』のヒロインであるヘスターが女性の権利運動の闘士のように描かれているのかが理解できる。つまり、ホーソーンは当時の社会において最も進歩的な考えと意見を持ち、

男女平等の社会を目指して戦っている女性をイメージして、それをヘスターに具現したのである。『緋文字』の中でホーソーンはヘスターに関して次のように述べている。

「世界の法は彼女の法ではなかった」(The world's law was no law for her mind, CE 1：164)

「まず第一歩として、社会の組織全体が取り壊され、新たに建設されなければならない。それから、男性の性質そのもの、または、性質のようになってしまった男性の長い因習的習慣が、本質的に変えられなければならない。そしてその後にこそ、女性は公平でふさわしいと思える地位につくことが許されるのだ」(As a first step, the whole system of society is to be torn down, and built up anew. Then, the very nature of the opposite sex, or its long hereditary habit, which has become like nature, is to be essentially modified, before woman can be allowed to assume what seems a fair and suitable position. CE 1：165)

当時の読者の目から見れば、このヘスターという女性は非常に進歩的であり、時代を先取りしているような印象を与えたものと思われる。

『緋文字』においては、密かに燃える火のような情熱でもって、社会はその根本から作り直されるべきであり、男女の平等の原則に基づく男女の新しい関係が作り上げられるべきであると考えるのは、若い頃のヘスターである。若い時にはヘスターはそのような考えを胸に抱き、その大義名分のためには、自分はアン・ハッチンソンと並んで歩き、ピューリタン社会から火あぶりの刑にされ、殉教してもいいと考えていた。

しかし、続けて作者はヘスターは、「多くの困難の中において、慈しまれ育てられるべき女性の芽と花［パールのこと］」(the germ and blossom of womanhood, to be cherished and developed amid a host of difficulties. CE 1：165) を持っていたと言っている。女性である以上に、ヘスターは母親なのである。その可愛い娘パールの養育のために、ヘスターは上記のような考えを、ただ胸の中だけにおさめ、決して行動に移そうとはしない。また、作者は次のように述べている。

「しかし、精神の世界から可愛いパールが来ていなかったなら、事情ははるかに異なっていたであろう。その時には、ヘスターは新しい宗派の創立者として、アン・ハッチンソンと手を携えて、歴史に名を留めていたかもしれないのである。」(Yet, had little Pearl never come to her from the spiritual world, it might have been far otherwise. Then, she might have come down to us in history, hand in hand with Anne Hutchinson, as the foundress of a religious sect. *CE* 1：165)

　前々章で私は「優しい少年」に登場するキャサリンについて述べた。彼女は自分の信仰に固執するあまり、彼女に託されたイルブラヒムをも見捨て、迫害者たちに対して戦いを挑んだ。キャサリンはそれまで、ホーソーンが言う「本当の宗教」(true religion)が何であるかを知らなかった。しかし、『緋文字』のヘスターはこのキャサリンとは、はっきりと一線を画している。ヘスターはけっしてキャサリンのような道を歩もうとはしなかった。自分の信念に生きるあまり、パールを路頭に迷わせ、彼女をピューリタンの子供たちの迫害にまかせたりはしなかったのである。

　また、晩年のヘスターは若い頃のヘスターとは大きな違いを見せている。彼女は牧師の死後、いったんはパールを連れてヨーロッパに移り住むが、再びニューイングランドに戻ってきて、若い頃の烈火の如き情熱で社会を破壊し、改革しようとするのではなく、人生の大きな苦悩を経験したものとして、世間の人のために、ただ黙々と自分の義務を果たすのである。これは若い頃のヘスターとは格段の相違である。ヘスターは依然として社会改革や女性の権利運動の思想を捨ててはいない。やはりその必要性を感じているのは確かである。しかし、それとてもやがて「天の時を待って」(in Heaven's own time, *CE* 1：263) 必ずそのような時代が訪れるという穏健な思想には落ちついている。

　ホーソーンが『緋文字』において展開した女性像は、決して当時の進歩的な女性でもなければ、女性の権利運動の活動家のそれでもない。ホーソーンがヘスターに関して、最終的に強調しているのは、社会は確かに変

えられる必要がある、しかし、それは「天の時を待って」そうすべきであり、性急にそうするべきではないとする穏健な態度なのである。これは、はっきり言えば、当時の女性の権利運動に対する「ノー」である。ホーソーンは女性の権利運動に一定の理解を示しているように見えるが、やはり、女性には女性でなければ出来ない仕事があり、女性の「シビライザー」としての重要な仕事があると考えたのであろう。

　この『緋文字』をホーソーンの女性像における「分水嶺」であると私は位置づけている。『緋文字』において、女性の地位や権利の平等という問題を取り扱った以上、ホーソーンはこれ以降の作品において、この問題を避けて通れなくなるのである。しかし、これはホーソーンの作品における女性像の研究からは歓迎すべきことである。これ以降の作品において、ホーソーンはどのような女性像を展開しようとしているのか。アメリカ社会は「改革の時代」を経て、また南北戦争に向けて大きく変化しようとしている。女性の権利運動に関しても、ヘスターやアン・ハッチンソンのような女性が数多く出てきて、社会そのものの在り方、あるいは社会における男女のあり方を大きく変えようとしていた。ホーソーンはこのような社会の変化をどう捉え、それにどう反応しようとしているのであろうか。好むと好まざるとにかかわらず、ホーソーンも時代と社会の流れの中に巻き込まれていくのである。

第11章 『七破風の屋敷』
——愛の太陽——

　「破風」というのは聞き慣れない言葉であるが、家の「切妻」のことである。従って、「七破風」とは「切り妻が七つある」という意味である。このモデルとなった家は現在でもセイレムに観光名所の一つとして保存されている。黒々として古びた木造の大きな家であり、その元の位置から動かされて、川のほとりに立っている。確かに、「破風」が七つあって、一階部分より二階部分のほうが大きくて、遠くから見ると人間の頭のようである。このような不気味なたたずまいが作者ホーソーンの想像力をかき立てたものと思われる。

　さらに、この屋敷にはホーソーンの父方の又従姉妹スーザン・インガソル（Susan Ingersoll, c. 1785-1858）が、恋人の海軍将校に捨てられ、26歳以後結婚することもなく、一人で住んでいたと言われている。ホーソーンは少年の頃よくこの屋敷を訪れ、その内部の様子や、秘密の階段に興味をもった。最初は真水が出ていたが、屋敷が完成するや塩水に変わったと伝えられる「モールの井戸」（Maul's Well）もそのまま保存されている。中に入ると、インディアンの襲撃に備えての秘密の階段がある。また、この物語の登場人物の一人であるヘプジバーが雑貨店を経営した店の小窓もそのまま保存されている。

　このホーソーンの『七破風の屋敷』（*The House of the Seven Gables*, 1851）は、「ノヴェル」と「ロマンス」を比べた、その「序文」でよく知られている。ここにホーソーンの文学的信条が最もよく表現されている。ホーソーンは「ノヴェル」（写実小説）と「ロマンス」（空想小説）を定義して、前者

は物事を微細な点に至るまでありのままに、現実の世界で起こっている通りに描写したものであるが、後者においては、物事は作者の好みのままに変形・脚色され、陰影を強くしたり、薄くしたりして、提示される自由な文学形式であると述べている。

そして、後者においては、それが現実離れしていてもよいが、「人間の心の真実」(the truth of the human heart) から絶対に逸脱してはならないと主張している。そして、さらに言葉をついで作者は、自分が今から述べようとしている物語は「ロマンス」の範疇に入るものだが、それはこの作品で自分が、過ぎ去った時代と、今まさに飛び去ろうとする現在とを結びつけようとした所に由来するのであると述べている（CE 11：1）。

「序文」でこのように作者自身が述べているため、読者のほとんどがこの『七破風の屋敷』はホーソーンの「ロマンス」であると思ってきた。しかし、実際はこの作品はもはや「ロマンス」ではなく立派な「ノヴェル」である。ホーソーンのこの作品を正しく理解しようとする時、この点の認識が大切である。「ロマンス」という言葉の定義がホーソーン自身の中で変化してきているのである。『緋文字』を頂点として、作者の創作力は次第に衰えて行ったというのは、ホーソーン批評のほぼ一致した意見であるが、その理由の一つは、ホーソーン自身の「ロマンス」の定義の混乱にあると思われる。ホーソーンは彼の最も得意とする「ロマンス」から離れて、「ノヴェル」の領域に入って行った。

開拓時代の初期のころ、マシュー・モールは見晴らしのよい素晴らしい土地を所有していた。土地亡者のピンチョン大佐はその土地が気に入り、自分のものにしようと、マシュー・モールに魔女の汚名をきせて処刑させ、その土地を奪った。やがてその土地の上に、大佐は豪邸を建てたが、その新築祝いの折に、大佐は一族の血に遺伝として流れている卒中のため、口から血を流して急死した。この屋敷の建築を担当したのは、マシュー・モールの息子であるトマス・モールであった。土地亡者のピンチョン大佐は、モールの土地を収奪したばかりではなく、近くのメイン州にインディアン

から騙し取った広大な土地を所有しており、その権利証書を持っていた。大佐の死とともにその権利証書の所在は不明となった。

やがて、時は流れ、この土地と家の持ち主はジャーベイズ・ピンチョンとなった。この人物はピンチョン大佐の東部の土地への権利証書の行方が知りたくて、この家の建築者であったトマス・モールの息子で、同じく大工のマシュー・モール（2世）にこの権利証書のことを尋ねるが、真相は明らかにならない。この時のジャーベイズ・ピンチョンの傲慢な態度に腹を立てたマシュー・モール（2世）はピンチョンの娘アリスに魔法（催眠術）をかけて、彼女を雨の日に外出させて死なせてしまう。このように、ピンチョン家とモール家の争いは代々続けられるのである。

さらに時は流れ、七破風の屋敷の所有者は生涯独身を通したピンチョン氏（名は明記されてない）となる。この人物には二人の甥と一人の姪がいて、甥の一人は気が弱く、ひ弱な体のクリフォードであり、もう一人の甥は現在町で判事をしている強欲なピンチョン判事であった。姪は、現在この七破風の屋敷に住んでいるヘプジバーである。独身の叔父ピンチョン氏の財産分与の時、ピンチョン判事は財産が他人の手に渡ることを恐れ、叔父のピンチョン氏を殺害する。そして、その罪を気の弱いクリフォードに着せ、そのためクリフォードは長期（30年）の刑に服すことになった。この時、ピンチョン判事は家に代々伝わるとされている東部の広大な土地の権利証書が、何らかの理由で、クリフォードの手に渡ったと信じたのである。

やがて、クリフォードは30年の刑期を終えて出所し、七破風の屋敷にヘプジバーと共に住むことになる。（『七破風の屋敷』の物語は実質的には、ここから始まる）。兄との暮らしの生計を立てるために、ヘプジバーは雑貨屋を始める。そこへ、ヘプジバーの従姉妹にあたるフィービー・ピンチョンが訪ねてくる。彼女はまだ10代の快活な少女である。彼女はこの屋敷に居候し、雑貨の商売や、ひ弱なクリフォードの世話をする。また、この家にはホールグレイヴという若者が下宿している。彼は実はモール家の末裔であり、先祖の怨念を晴らす意図をもってこの屋敷に入り込んでいたのであるが、それは秘密にして、表向きは銀板写真家を装い、社会改革・革命を標

榜する怪しげな連中と交際している。この家でフィービーとホールグレイヴは互いに知り合い、親しくなる。

　ある日、東部の土地の権利証書を求めて、ピンチョン判事がこの家に乗り込んでくる。彼は家に入ると、土地の権利証書の件でクリフォードを詰問しようとするが、まさにその時、彼は、先祖代々の病である卒中のため血を吐いて急死する。驚き慌てたクリフォードはヘプジバーと共に家を飛び出し、何処へ行くともなく列車に乗る。列車の中で、クリフォードは一人の乗客を相手に、来たるべき進歩の時代・科学の時代について口角泡を飛ばして雄弁に論じたてる。そして、クリフォードとヘプジバーはとある物寂しい駅で下車し、また七破風の屋敷に舞い戻ってくるのである。

　ピンチョン判事が急死したことで、その財産はヘプジバーとクリフォードのものとなる。銀板写真家のホールグレイヴは、彼の革命思想を捨て、明るく素直なフィービーと、平凡な家庭生活を求めて結婚する。モール家のスパイであった彼が、色褪せたピンチョン大佐の肖像画の裏のバネを押すと、肖像画の裏の壁の中から東部の土地への権利証書が出てくる。それは初代の大工のモールが復讐のためそこに隠匿したものであった。しかし、今ではその証書も時効となって、無価値なものであった。こうして、若い二人の男女の結婚により、ピンチョン家とモール家の互いの積年の大怨は解消され、全ての者に新しい生活が始まるのである。

　　ホーソーンは『七破風の屋敷』の「序文」で、次のように述べている。
　　　「ある世代の犯した悪しき行いが親から子へ代々生きのび、そして、その悪業からあらゆる一時的な利点が全て取り除かれて、全く本物の手に負えない災禍となってしまうのである。」(the wrong-doing of one generation lives into the successive ones, and, divesting itself of every temporary advantage, becomes a pure and uncontrollable mischief. *CE* 2：2)
　　そして、これがこの作品の「モラル」(教訓)であると述べている。
　　この点から考えると、作品の最後において、強欲・偽善のピンチョン判

事が急死し、その財産がクリフォードやヘプジバーに渡り、互いに憎しみあっていたピンチョン家とモール家は、フィービーとホールグレイヴの結婚により互いに和解し、すべてがめでたく幸福になったという結末は、多少読者として納得できないところがある。私達は、またこのような「幸福」な状態から、災いが生じ、昔からの争いが再燃するのではないかと思ってしまう。それがホーソーンがこの作品の「序文」で述べていた「モラル」ではなかったのだろうか。

　考えてみると、この『七破風の屋敷』は奇妙な作品である。第一、主人公が誰であるのか判然としない。この作品のヒーロー、あるいはヒロインは誰であるのか。
　ホーソーンの長編第一作の『ファンショー』においては、エレンという女性が誘拐され、それを奪還しようとするファンショーという青年が紹介される。彼は艱難辛苦の末、エレンを見つけ出し、悪の手から彼女を救出する。しかし、既に病魔におかされていたファンショーはエレンの将来を思い、エレンを恋敵のウォルカットに譲るという筋書きである。だから、このストーリーのヒーローはファンショーである。
　長編『緋文字』においては、牧師ディムズデイルが死んだ後にも、ニューイングランドに留まり、社会への奉仕活動を続けたヘスターがヒロインである。ファンショーにしても、ヘスターにしても、ある何か大きな「試練」をくぐり抜け、そこから最終的には何らかの形で周囲と和解している。またそこには精神的な「カタルシス」（魂の浄化）がある。だから、ヒーローやヒロインと呼べるのであろう。
　ところが、この『七破風の屋敷』には、そのような「試練」を経験し、苦悩を通して「カタルシス」を経験する人物が存在していないのである。作者ホーソーンが最も力を入れて描写し、入念に描いているのは、頭にターバンのような帽子をかぶり、異様な渋面（singular scowl）を作って、人を見る癖のある哀れな老女ヘプジバーである。彼女は、ピンチョン判事から、クリフォードを精神病院に送り、そこから生涯出られないようにす

ると脅かされ、切羽詰まって兄のクリフォードを呼びに彼の部屋に行く。彼女は辛い、追い詰められた状況に置かれるが、丁度その時、ピンチョン判事は、先祖伝来の病気である卒中で急死するのである。その後は、ただ自動的に判事の財産が転がり込んで来るわけであるから、この女性はヒロインとはなりえない。

　次のヒーローの候補者はヘプジバーの兄であるクリフォードである。彼は無実の罪で30年間投獄されていた後釈放されて、最近、七破風の屋敷に妹のヘプジバーと共に住むことになった。彼は、世間で生きていくには、あまりにも気力と活力を失っており、ただ周囲の者が提供してくれるものを食べ、周囲の美しいもの、楽しいものを受動的に鑑賞しながら生きている。彼は屋敷の前にやってくる人々や、ショーマン（猿回し）を見たり、窓からシャボン玉を飛ばしたりしている。彼の生活は全く、「子供」のそれである。このように、生きているのか死んでいるのか分からないようなクリフォードであるが、彼をこの物語の主人公だとする意見がある（Alfred H. Marks, "Who killed Judge Pyncheon?" 1956）。

　しかし、クリフォードが経験する「カタルシス」は、判事の偶然の死によってもたらされたものである。それゆえ、それは長続きしない。彼は妹のヘプジバーと共に、列車に飛び乗り、異常な興奮状態にあるが、それは列車に乗っている間だけのことであり、二人が列車から降りると、クリフォードはまたもとの、活気のない、生きているのか死んでいるのか分からないような人間に戻ってしまうのである。「カタルシス」というのは、最終的には周囲との和解である。「カタルシス」を経験した人物は、以前に比べて大きく人間的に成長していなくてはならない。それは、まさしく『緋文字』のヘスターの場合がそうである。これがクリフォードには欠けている。

　このように見てくると、ホーソーンのこの『七破風の屋敷』は、「事件」→「カタルシス」→「周囲との和解」という通常の意味での物語ではないように思われる。私はこの物語は、フィービーを中心にした物語であり、フィービーがヒロインではないかと思っている。丁度、作品『緋文字』が

ヘスターの物語であったように、この作品はフィービーの物語である。

　フィービー (Phoebe) という名前は、ギリシア神話に由来し、月の女神であるアルテミスの呼び名である。その変化形であるフィーバス (Phoebus) は太陽神アポロの呼び名である。作品中において、フィービーは常に太陽光と結びつけられているのもこのためである。彼女は、「丁度一条の太陽の光が、たとえどんな陰気な場所にさしこもうとも、ただちにその場に居合わせるにふさわしいものになってしまう」(even a ray of sunshine, fall into what dismal place it may, instantaneously creates for itself a propriety in being there. *CE* 2：68-69) というような存在である。

　ところで、このフィービーという呼び名は、ホーソーンがソフィアとの結婚に先立って、彼女をたわむれに呼んだ名前でもある。だから、フィービーは「太陽」であり、かつ、妻の「ソフィア」である。そういう意味で、この『七破風の屋敷』は、ホーソーンが妻のために書いた作品であるとも受け取れるのである。『緋文字』に続いて、ホーソーンは『七破風の屋敷』において、またしても女性を主人公にした作品を書いた。

　しかし、ここで一つ疑問が残る。ではフィービーに一体どのような「魂の浄化」があったのだろうかということである。そのようなものは皆無である。そしてこの点が、この作品の奇妙な点なのである。私はこの作品を読む度に、イソップ寓話の中の一つ「北風と太陽」("The North Wind and the Sun") の話を連想する。「北風」はまさにその暴力・腕力でもって、その目的（旅人にその外套を脱がせること）を達成しようとするが、人はあくまでそれに抵抗する。それで、北風は結局その目的を達成することができない。

　この寓話の中の「北風」に相当するのが、物語中のピンチョン判事である。彼はその名声、権力、富等のあらゆる手段を使って、姪のヘプジバーやクリフォードを追い詰め、脅迫し、東部地方の広大な土地の権利証書を手に入れようとするが、どうしてもうまくいかない。一方、「太陽」たるフィービーは、先の寓話において、太陽がその温和な暖かさで旅人の外套を脱がすように、まったく何の苦もなく、目的を達成してしまうのである。

この箇所をホーソーンは次のように言っている。

「フィービーは、全ての仕事においてそうであるように、快活にその仕事を引き受けたが、特に果たさなくてはいけないというような使命感を持ってはいなかった。そして、そのような単純さのため、彼女はかえって仕事をうまく果したのであった。」(The latter [Phoebe] took it [the work] up cheerfully, as she did everything, but with no sense of a mission to perform, and succeeding all the better for that same simplicity. *CE* 2：136)

これはまさに、イソップ寓話の中の「太陽」のあり方である。この寓話において、誰が主人公かと問えば、それは間違いなく「太陽」であろう。この話の中で「太陽」は何も事件を起こしたわけでもなく、どんな「カタルシス」も経験していないが、物語におけるその重要性から考えて、「主人公」なのである。

一体、先祖代々の怨念の積る家に、光りをもたらし、明るくしたのは誰であるか。庭にうるおいを与え、植物や花々を繁茂するようにしたのは誰か。代々の同種交配のため、通常の半分くらいの大きさとなり、卵の産めなくなった鶏たちに活力を取り戻させ、初めて卵を産むようにさせたのは誰か。ぎこちなくて、計算間違いをし、周囲の人から横柄だと嫌われているヘプジバーを助け、その雑貨店を繁栄に導いたのは誰か。また、生きる活力を失い、生ける屍同然であったクリフォードを支え、再び彼に生きる希望を与えたのは誰か。さらにまた、過激な社会改革者や、その他の怪しげな連中と付き合っていた銀板写真家のホールグレイヴにその信念を一転させ、「僕が保守的な人間になるなんて、今まで殆ど思ったことはなかった」("Little did I think ever so become one [a conservative]. *CE* 2：315) と言わしめたのは誰か。そして、長い間呪いをかけられ、天国に行けないでいたアリス・ピンチョンの霊を解放し、天国に昇らせたのは誰か。これら全てをなし遂げたのは、年齢にしてわずか17歳のニューイングランドの娘フィービーなのである。しかも、彼女は少しも気負わず、「特に使命感を感ずることもなく」(with no sense of a mission to perform) 全ての事柄を

成就するのである。

　しかも、フィービーはピンチョン家の出身である。だから彼女にとっては、モール家の者（ここではホールグレイヴ）は「敵」であるはずであった。しかし、彼女は「敵」も「味方」も分け隔てなく接し、あたかも太陽が全てのものに光を注ぐように、そのいずれにも人間的な関心と愛情を注いだのである。彼女は聖書に言う「汝の隣人を愛せよ」（love thy neighbors）の精神の具現者であり、こよなく信仰心の厚い女性である。彼女こそは、作者ホーソーンにとって、妻のソフィアがそうであったように、理想の女性の絵姿なのである。

　現代の私達がフィービーを実感できないのは、一見善良そうな人間の心の中に、皮肉や、悪意や葛藤など、屈折した心理を読み取るのに慣れているからかもしれない。しかし、ホーソーンの「ロマンス」のそもそもの出発点は、白は白、黒は黒、善は善、悪は悪の平板な人間像への反発であった。そのような紋切り型の人間像からの脱却がロマンスの出発点であったはずである。さすれば、この作品の有名な「ロマンス」の定義にもかかわらず、ホーソーンが彼本来の「ロマンス」から次第に逸脱して、フィービーのようなある意味で平板な人間像に到ったのは、彼の今後のロマンスの行く末を暗示するものである。

　ホーソーンがフィービーを通して提示している女性像は明白であると思われる。それは一口で言えば、「良妻賢母」である。彼女は暗く陰鬱であった屋敷に光をもたらし、うまく行かなかった雑貨商の仕事を繁盛に導き、互いの思いが噛み合わない家族（ヘプジバーとクリフォード）の間に融和をもたらし、おまけにピンチョン家とモール家の代々に渡る怨念に終止符を打ったのである。また、彼女は、これまでホーソーンの作品において、しばしば出てきた「繋ぎの女性」でもある。作者ホーソーンは次のように言っている。

　「彼女の手をにぎると、私達は何かを感じた……そしてその手は柔らかいものであったが、私達がその手の暖かさを感じているかぎり、

人間の同情的鎖全体の中において、私たちの居場所は安泰であると確信することができるのである。」(Holding her hand, you felt something ... and so long as you should feel its grasp, soft as it was, you might be certain that your place was good in the whole sympathetic chain of human nature, *CE* 2：141)。

さらに、作品中のホールグレイヴという男性は、一種の社会改革者であり、過激な連中ともつきあっているが、フィービーと結婚するに至って態度を180度転換させ、「保守主義者」になるのである。このように、この作品中のフィービーは、ホーソーンが理想とする完璧な女性像である。前作『緋文字』において、女性の権利とか、女性の地位の平等とか、男性の意識の変革とかを論じ、そのための社会改革をヘスターを通して考察したホーソーンではあるが、この『七破風の屋敷』においては、彼の妻ソフィアをこよなく喜ばせるような作品を書いたのである。

第12章 『ブライズデイル・ロマンス』
——女性権利運動家の苦悩——

　ホーソーンが『ブライズデイル・ロマンス』(*The Blithedale Romance*, 1852) を書くことになった契機は、彼が37歳の時にブルック・ファーム (Brook Farm, 1841-1846) という理想の村的共同体の実験に参加したことである。この作品の舞台であるブライズデイルの共同体は、そのブルック・ファームをモデルにしている。彼はこの共同体の実験によほど関心があったと見え、この作品の「序文」の中で、ブルック・ファームの実験に参加した人々の誰かが、そこで得られた貴重な体験を書物にして残すべきだという提案をしている。しかし、皮肉にも、超絶主義者のリプリー (George Ripley, 1802-1880) によって始められたこの共同体の実験が後世に広く知られ、関心をもって調べられたりするのは、実はホーソーンのこの作品のおかげなのである。

　上記に述べたことは、ホーソーンが『ブライズデイル・ロマンス』を書くにあたっての大きな理由の一つであったと考えられるが、それに劣らず大きな理由は、当時の女性の権利運動への作者の関心であったと思われる。このテーマは、この頃書かれたホーソーンの長編作品に一貫して流れているのである。既に述べたように、『緋文字』において、ヒロインのヘスターは若い時には女性の権利運動の先兵のように描かれていた。また、その翌年の『七破風の屋敷』においては、陽気で愛想がよく、家庭の切り盛りの上手な良妻賢母の典型ともいうべきフィービーという女性を登場させた。彼女は女性の権利運動のアンチテーゼとして登場しているのである。これらはいずれも、作者が当時の女性の権利運動をいかに意識していたかの表れと言える。

上記の2作品に次いで書かれた作品が、この『ブライズデイル・ロマンス』である。これはその内容から考えて、当時の女性の権利運動に関して、ホーソーンが彼なりの意見を述べたものと解釈できる。作品中の中心人物は、ゼノビアという若くて美しい女性であり、彼女は筋金入りの女性権利運動家として描かれている。そして、彼女の対局に位置する女性として、影のように存在感の薄い女性プリシラが配されている。プリシラはひ弱な、おとなしい、女性の権利運動には無縁の女性である。この作品のこのような枠組みだけを見ても、ホーソーンがいかに当時の女性の権利運動に深い関心があり、前々作・前作に続いてこの問題についての議論を望んでいるかが分かるのである。その意味でこの作品はホーソーンの女性像を検討するにあたって恰好の作品である。

　1841年1月に雑誌「ダイアル」(*The Dial*)に「女性」("Women")と題する一文が掲載されている。この「ダイアル」という雑誌は、1840年に出版され始めたものであり、当初ヘッジ・クラブ (the Hedge Club) と呼ばれ、後にトランセンデンタル・クラブ (the Transcendental Club, 1836-1843) と呼ばれるようになったボストンや、その郊外のコンコードに住む超絶主義者たちの機関紙であった。W・N（不詳）と署名されている「女性」と題する論考の作者による主張は次の通りである。
　(1)ここ2年間というもの女性の問題に関する議論が多くなされている。女性は「か弱い性」("feebler sex") と呼ばれ、家庭で善良にし、信心深くしているのがよいと牧師たちが説教している。しかし、信心深くする必要があるのは女性だけでなく、男性もそうである。(2)女性は家庭内に閉じ込められ、夫の君臨する家庭内の安寧に専念させられている。家庭の安寧は女性の犠牲の上になりたっている。これでは女性の精神の大いなる進歩・向上は期待できない。(3)女性がこのように家庭内で大きな犠牲を払っているにもかかわらず、女性は自分では何も所有しておらず、まさに夫の所有物となっている。そのため、女性は自分の意見を自由に吐露することも出来ず、常に夫の意見に合わせ、順応するように仕向けられている。子供は

第12章 『ブライズデイル・ロマンス』　*137*

母親を愛してくれる。これは確かに女性にとって救いとなるであろう。しかし、夫こそが家庭内の「法」となっている。これでは女性に残されたものは混乱だけである。(4)女性も内面の進歩向上に勤め、人間として進歩していく必要がある。完全な人間になるよう努力する必要がある。それは男性も同じである。だから、そのような女性の進歩向上や発展を阻害する要因があれば、それは早急に取り除かれなければならない（W.N., *The Dial* (January, 1841), reprint in 1999, Vol. 1：362-365）。

　この主張は現代の観点から見ると、当然至極であり、現在のどんな頑固な男性中心主義者（male chauvinist）でも認めざるを得ないようなものである。しかし、当時としては、女性がこのようなことを公の場で発言することは（特に男女の混在する会合において）非常に勇気のいることであった。上記のような意見が、当時最も「進歩的」と言われた雑誌「ダイアル」に掲載された意義もそこにあるのである。

　上記の文中、「私達の現在の社会の状況において、女性は何も所有していない、女性は所有されているのだ」（In our present state of society woman possesses not；she is under possession, W.N., *The Dial* reprint in 1999, Vol. 1：363）と書かれているが、それは文字通り事実であり、結婚した女性が自分の財産を処分したり、譲渡したりするには全て夫の「許可」が必要であった。また夫と離婚した際の財産の分与とか、子供の養育権の問題に関して妻の立場は全く考慮されていなかった。だから、当時の表現として「女たちと子供たち」（women and children）という言い方があるが、殆どの場合において、女性たちはいつも「子供」たちと一緒にされ、女性は「永遠の子供」（eternal children）の扱いであった。

　これは明らかに女性蔑視であり、差別である。しかし、このような女性への差別・不平等はずっと以前から存在していた。例えば、1792年にはイギリスにおいて、メアリー・ウルストンクラフト（Mary Wollstonecraft, 1759-1797）は、『女性の権利の擁護』（*A Vindication of the Rights of Women*, 1792）という本を出版し、社会に蔓延している女性への差別、法律上の不平等に関して激しい言葉で抗議をした。しかし、この本は当時のアメリカ

において、特に大きな関心を持って受けとめられることはなかった。だから、アメリカにおいて 1840 年代・50 年代において「女性の権利運動」(women's rights movement) が人口に膾炙された言葉となり、その後幅広い運動が展開されることになったのには、何か他に理由があったのである。

　この点に関して、ロナルド・ウォルターズ (Ronald Walters) は興味ある指摘をしている。彼は 1800 年代から南北戦争の頃にかけて、アメリカにおける出生率が次第に低下し続けていることに注目し、この頃には妻や子供を持つことは贅沢な事柄になったと述べている。仕事が家庭内や部族内に限定されていた時には、「分業」ということは当然であり、それぞれにはそれぞれの仕事の受け持ちがあり、誰も不平を言う者はいなかった。そこでは、女性も子供も重要な働き手であり、その人数は多ければ多いほどよかった。しかし、社会の仕組みが複雑となり、学校、企業、官庁というような組織が出来上がり、そのような組織でフルタイムで勤務する男性、それに対して家庭で専業主婦として働く女性、というように社会の仕事が「分化」(specialized) してくるにつれて、得をする者としての男性、損をする者としての女性という区分けが明瞭になってきた。そして、そのような目で女性達が当時の社会を見るようになったのだとウォルターズは述べている (Ronald Walters, *American Reformers, 1815-1860*, 1978：102)。

　1800 年代頃からアメリカの出生率が徐々に低下してきたというウォルターズの指摘は興味深いが、それでもなお「何故特にこの時期に」女性の権利運動が起こったのかという問題は残るのである。ウォルターズも指摘していることだが、「何故特にこの時期に」に関して最大の要因はやはり、奴隷解放運動にあったと思われる。奴隷解放運動に関して、積極的に参加し、縁の下の力持ち的な仕事をしたのは女性達であるが、彼女達はそのような運動を通して、奴隷たちの状況と自分たちの置かれている状況の著しい類似性に気付いたのである。

　一定の「場所」に閉じ込められ、毎日過酷な「労働」をさせられ、何の「権利」も保証されておらず、誰かの「所有物」であり、人から「命令」ば

かりされているのはアメリカの奴隷たちであったが、それは即アメリカの女性達にも当てはまることであった。奴隷たちは当然のことながら「選挙権」を持たなかった。女性達にも選挙権がないことを、当時のアメリカの女性達は奴隷解放運動に参加することによって、悟るようになったと思われる。様々な形で、女性の権利運動と奴隷解放運動は密接に結びついているのである。

「何故特にこの時期に」女性の権利運動が起こったかの問題に関して、さらに見落とせないものはやはり「超絶主義」(Transcendentalism)の影響であろう。人間の中に神なる性質（divinity）を認め、人間は自分の意志や努力でいくらでも進歩向上することができる。人間はその中に内在する「理性」(reason)でもって自然の中から英知を直観することができるとするこの楽天主義は、人間の原罪や人間の徹底的堕落を説く従来のキリスト教的（あるいはピューリタン的）考え方に比べて、当時の人々に大きな勇気とやる気を起こさせたものと思われる。「超絶主義」は、アメリカ国民の間に広がっていた楽天的雰囲気に哲学的表現を与えたのである。

当時、アメリカの各地で女性権利運動の大会が開催されるのであるが、もっとも早くからこの運動を展開したのが、ボストン郊外の町セイレムであった。その最大の理由は、ボストン及びその近辺は超絶主義の原点であり、早くから女性の権利運動も含めて社会改革運動が盛んであったからである。それに、この地には当時米国きっての才媛と言われたマーガレット・フラー（Margaret Fuller, 1810-50）がいた。彼女は主に文学・哲学・宗教等に関心があり、女性の権利運動はそのレパートリーの外であったが、女性の権利運動が盛んになるに連れて、彼女は深くこの問題に係わっていった。彼女は、古代ギリシアの古典、イギリスのロマン主義文学、大陸のゲーテを始めるとする「疾風怒涛時代」（Sturm und Drang）の文学に明るく、その膨大な学識と語学力を駆使して、女性の権利の擁護に尽力した。先の「ダイアル」誌の「女性」と題する文章を書いた W.N. にしても、恐らくフラーの薫陶を受けた誰かの作であると思われる。

1843年7月には彼女自身、「偉大なる訴訟、女対女、男対男」("The Great Lawsuit：Man vs. Man, Woman vs. Woman") と題する48ページからなる長文を「ダイアル」誌に寄稿している。その中で彼女は次のように述べている。

「今、女性が必要としているものは、行動したり支配したりする女性ではなく、成長する女性、物を見分ける知性、生まれた時に女性に与えられた力を伸ばしていくために、自由に、そして何ものにも邪魔されずに生きていくことのできる魂である。」(What woman needs is not as a woman to act or rule, but as a nature to grow, as an intellect to discern, as a soul to live freely, and unimpeded to unfold such powers as were given her when we left our common home, Margaret Fuller, *The Dial* (July, 1843), reprint in 1999, Vol. 4：14)

続けて彼女は、世界のあらゆる古典に書かれているように、女性は偉大な力と才能を与えられているのだから、その力を可能な限り発展させれば、女性は女性本来の魅力を減らすことなく、社会をいくらでもよい方向に変える大きな力になりうると説いた。この励ましの言葉は、当時の一般の女性にどれ程の勇気を与えたことであろうか。

そして、彼女が「ダイアル」誌に発表したこの長文をさらに敷衍させたのが、その2年後に出版された『19世紀の女性』(*Women in the Nineteenth Century*, 1845) である。この中で、2年前の彼女の文章に比べて目新しいものは、彼女が女性たちに「職業を持つこと」を勧めたことであろう。しかし、当時のヴィクトリア朝時代にあって（アメリカもその影響下にあった）職業を持つことは、一般に下層階級の女性達のすることであり、中流以上の女性たちにはこの考えはあまり支持されなかった。

女性達が経済的独立を果して初めて、男性と対等な立場に立って発言できるというのが彼女の不動の信念であったが、彼女はあまりに時代に先んじた女性であった。「女性に職業を」に関して、「どのような職業を持つのか」と質問された時、彼女はすかさず、「もしよろしければ、船の船長にでもなりなさい」(let them be sea captains, if you will) と答えたため、「女性

は船の船長になれ！」が男性たちの間でも、女性たちの間でも彼女を嘲笑する言葉となった（Paul Boller, *American Transcendentalism, 1830-1860*, 1974：114）。

　当代随一の才媛によって書かれた本であったが、その他にもこの本には欠点があった。それは、女性の参政権獲得への言及がなかったことである。1848年のセネカ・フォールズ（Seneca Falls, N.Y.）での女性の権利宣言の最大の特徴——もっとも物議をかもした内容——のひとつは、女性の参政権獲得の運動が含まれたことである。そしてこれ以後、米国における女性の権利運動は参政権獲得が最大の眼目になっていったのである。マーガレット・フラーの『19世紀の女性』の中には、それに関する言及がなかったため、この本は一時的には耳目を集めたが、それ以後女性権利運動家たちの間で、あまり読まれることがなくなった。それに、先にも言及したが、彼女の最大の関心は文学や哲学であった。そのため、この本には古今東西の文学古典や哲学思想への言及が多く、当時の女性の権利運動の活動に関して今後の具体的指針となるものが欠けていた。しかし、この本が女性の権利運動の戦いに携わる多くの女性たちを鼓舞激励した事実には変わりないのである。

　今ここでマーガレット・フラーに、かなり言及したことには理由がある。それは『ブライズデイル・ロマンス』のヒロインのゼノビアはこの女性をモデルにしているからである。この作品において、ホーソーンはそれまでの作品において決してしなかったこと、つまり、同時代の女性、しかもホーソーンがよく知っている女性をモデルにしたのである。この作品において、ゼノビアは文学的素養、特に詩への造詣が深く、会話や物語をする才能に長じ、女性の権利運動の闘士であり、超絶主義の信奉者であり、その地方の文学サークルの名士であることになっているが、それはそのままマーガレット・フラーにあてはまるものである。

　ホーソーンはこの作品において、ゼノビアの生き生きした会話力、また演説の才能に言及しているが、これはまた、フラーの最も得意とする分野

であった。彼女は、「談話会」(conversations)と称して、ボストンの街角の本屋に常時、20〜30人くらいの女性を集め、時事問題や文学的話題を持ち出し、当時の女性たちの啓蒙に努めた。また作品中のゼノビアは最後に愛する男に裏切られ、近くの河で入水自殺するのであるが、これも、イタリア独立戦争に破れ、夫と子供一人と彼女と3人でニューヨークに帰る途中、その沖合で船が難破し、溺死してしまうフラーの運命と一致している。

　このようにこの作品中のヒロインであるゼノビアは、マーガレット・フラーをモデルにしているのであるが、一つだけ両者で大きく相違する点がある。それは、作品中のゼノビアは、「はっとするくらい美しいと呼んでさしつかえないほどの容貌をもった」(with a combination of features which it is safe to call remarkably beautiful. *CE* 3：15)女性であり、「見よ！　ここに女性がいるぞ」(Behold, here is a woman! *CE* 3：17)と思わせるくらい美しい女性であると表現されているが、マーガレット・フラーはその反対であったということである。彼女の容貌に関する記述にはよく、"plain"という言葉が使われるが、英語ではあまり器量のよくない女性をplain Janeと言うことから察すると、フラーは女性としての美貌には欠けていたようである。

　作品中では、ゼノビアにはプリシラという異母妹がいることになっているが、作者ホーソーンは、このプリシラの顔かたちに言及して、「あなたはたった今、私にマーガレット・フラーを思い出させてくれた」(you reminded me of her ［Margaret Fuller］ just now. *CE* 3：52)と述べて、ここで直接彼女の名前を出している。プリシラはゼノビアの異母妹であるから、これは別段驚くことではないであろう。プリシラは容貌において、姉に似ているところがあるとホーソーンは暗に言いたかったものと思われる。ホーソーンは作品中のフラー（ゼノビア）を何故かこのような凄い美人に描いたのである。

　以下に『ブライズデイル・ロマンス』の概要を述べておこう。アメリカの中西部のとある町に、フォントルロイという人物がいた。彼は裕福で、

第12章 『ブライズデイル・ロマンス』　143

豪奢な生活をしていたが、妻を心から愛するということはなかった。この妻との間に彼は一人の女児をもうける。これが後のゼノビアである。浪費がたたって、この男はある重大な犯罪を犯し、米国の東部地方に逃亡してしまう。この男はボストンの安宿にムーディという偽名で住み、そこで一人の裁縫女と結婚し、この女性との間に女児をもうける。それがプリシラである。従ってゼノビアとプリシラは異母姉妹である。

　父親が逃亡していなくなった後、ゼノビアは母親の手で育てられたが、父親の目を恐れる必要がなく、我が侭で傲慢な性格の女性として成長する。年頃になると、彼女は金歯をし、洒落た服装をしてはいるが、誠実さのないウエスターヴェルトという男性と結婚する。しかし、二人の間はうまくいかない。そのうち、ゼノビアは、ボストンで犯罪者の更生の問題に関して熱心に持論を展開していた博愛主義者のホリングズワースという男に惹かれ、二人は相思相愛の仲となる。その時、ゼノビアとウエスターヴェルトは正式に離婚したのか、それともまだ結婚したままでいるのかは不明である。

　ホリングズワースは犯罪者の更生施設を建設して、そこで彼の博愛主義の夢を実現しようとしている。もともとゼノビアは裕福な家の出であるから、相当な遺産が彼女に入ってくるのは時間の問題であった。そこで、ホリングズワースは自分が建設を夢見る犯罪者の更生施設の建設資金にゼノビアの遺産をあてにしている。ゼノビアもそのために喜んで遺産を提供するつもりであった。ゼノビアは町に豪奢なアパートを所有しているが、ホリングズワースがブライズデイルの共同体に参加するの知って、自分も一緒にこの村に参加する。そこで彼女はホリングズワースの友人のカヴァーデイルという詩人と知り合う。

　どういう経緯からか、ウエスターヴェルトはムーディの娘プリシラに千里眼の才能があるのを聞きつけ、千里眼と催眠術を合わせたようなショーを計画して地方を巡業している。娘のこのような状況を恥じた父親のムーディは、プリシラをゼノビア（プリシラの異母姉）のいるブライズデイルの共同体に連れて行き、プリシラを更生させようとする。こうしてブライズ

デイルの村で、ホリングズワース、カヴァーデイル、ゼノビア、それにプリシラの４人が集まることになるのである。この時点では、ゼノビアはまだプリシラが自分の妹であることを知っていない。

　ホリングズワースは共同体において、次第に純真な乙女に成長していくプリシラに心惹かれるようになる。この様子に危機感を抱いたゼノビアは、ウエスターヴェルトに連絡をとり、またプリシラを彼の手に戻してしまう。町のアパートにおいて、ゼノビアとウエスターヴェルト、それにプリシラの３人が滞在しているのを、たまたま町に帰っていたカヴァーデイルが目撃する。カヴァーデイルはこのアパートに何故３人がいるのか理解できないままである。プリシラはまた、千里眼と催眠術を兼ねたショーに利用され始める。

　ある日、ムーディは不意に共同体に立ち寄るが、その時、ゼノビアが妹であるプリシラに辛くあたっているのを見て、杖を振り上げて怒り狂う。そして彼は、ゼノビアに行くはずであった遺産を全て、プリシラに行くようにしてしまう。このことをいち早く知ったホリングスワースは、プリシラのショーの会場に乗り込み、プリシラをウエスターヴェルトの悪の手から奪還する。遺産の入るあてのなくなったゼノビアは、ホリングズワースにとっては無用の女性となり、彼はゼノビアを捨ててしまう。その結果ゼノビアは絶望して、その美貌や才気煥発さにもかかわらず、近くの河で入水自殺をする。

　上記は『ブライズデイル・ロマンス』の概要であるが、ストーリーの不明な点が多くある。その第一は、「社会が許すことが出来ないし、許すべきでもない」(society ... neither could nor ought to pardon, *CE* 3：183) 犯罪を犯して東部に逃亡したムーディに司直の手が一切及んでいないことである。最近の研究では、この「重大な犯罪」とは有価証券の偽造であることが分かっている（Tony Tanner, "Introduction" to *The Blithedale Romance* in *Critical Assessments*, 1991, Vol.3：463）。イギリスの商人であったヘンリー・フォントルロイ（実在の人物）はそのような犯罪を犯して、逃亡したこ

とが知られており、その事件の顛末はホーソーンが愛読していた「ジェントルマンズ・マガジン」(*The Gentleman's Magazine*) に掲載されたものである。

　この話を読んだホーソーンは自分の作品の目的のためにこの事件を利用したのであろう。犯罪が「偽造」であるなら、なおさらのこと司直の追求があるはずであり、また、遺産相続人の変更手続きは司直に何ら知られることなく、簡単に出来るものであろうか。作者ホーソーンはフォントルロイの親戚たちが、被害者たちと話をつけ、司直の追跡のないように取り計らった、と述べているが、そのようなことが可能なのであろうか。

　一方また、プリシラはゼノビアが姉であることを知っているが、ゼノビアはその事実を最後に至って初めて知るというのもおかしな話である。もし最初から知っていたら、彼女はプリシラをウエスターヴェルトの手に売り渡すようなことは多分しなかっただろうし、プリシラにも親切にしていたであろう。そうであれば、ムーディが彼女に遺産を拒否することもなかったのである。また、ゼノビアもプリシラもウエスターヴェルトに従順であり、彼の意のままに動いているが、その理由は何であろうか。何か弱みを彼に握られているのであろうか。この点も不明なままである。ところで、ホリングズワースは何処からゼノビアに行くはずの財産がプリシラへ移行したという情報を得たのであろうか。プリシラが妹であることを知りもしないゼノビアに対して、ムーディが急に遺産譲渡を拒否し、プリシラのみに依怙贔屓する理由はいかなる動機によるものであろうか。

　この作品における女性像は明白である。ゼノビアは才色兼備の女性として、絢爛たる美貌を備え、生き生きと会話することができ、どの男性とも論争できる能力と度量を備えている。彼女は世の男女関係においては、両者が対等の関係にないこと、両性の間に大きな不平等が存在するこを認識し、それを踏まえた上で、その改善を声高に主張するのである。彼女は典型的な女性権利論者である。

　ただ彼女にとって不幸であったことは、彼女が深く愛したホリングズ

ワースという博愛主義の男性が、本質的には徹底した男性中心主義者（male chauvinist）であり、女性の権利論をふり回すような女性を本能的に嫌悪していたことである。作品の中でホリングズワースがゼノビアたちを前にして、持論の男性中心主義を展開する場面があるが、その際にゼノビアは堂々と反論して、世の女性の権利論者のために論陣をはってしかるべきであったが、予期に反して、彼女は目に悲しみの涙を浮かべて、ホリングズワースの前に全く沈黙してしまうのである。一人の男性に対する報われぬ愛が彼女を沈黙させたのである。これも彼女にとっては不幸なことであった。プライドの陰で、一人の男性の愛を求める切ない女心が苦悩していたのである。

　ゼノビアの対局に位置しているのが、彼女の異母妹である、従順そのもののプリシラである。彼女は人に逆らって、自分を主張するという意識は全く持たず、周囲の言うなりに影のように生きている女性である。また、そうであるがゆえに、彼女は男性中心主義者であるホリングズワースの注目を引くのである。彼女こそは、いみじくもゼノビアが言っているように、「彼女は世間の男性たちが何世代もかけて作りあげてきた女性」（She is the type of womanhood, such as man has spent centuries in making it. *CE* 3：122）であり、「まさに青髭がこの上なく好むような、穏やかで優しい妻」（as soft and gentle a wife such as the veriest Bluebeard could desire. *CE* 3：226）なのである。このような女性を妻にすれば、常に家庭にいて女性の領域を守り、男性の面倒をみてくれる女性になるのである。実際、ホリングズワースと結ばれた彼女は全くそのような女性となり、いつしかホリングズワースは子供のように彼女の庇護を求めるようになっている。

　先に「ダイアル」誌に寄稿したW・Nという女性は、「仕事の時には、半分見えないように彼の上を漂い、寝室においては穏やかにしのびこむ妙なる存在、時には、柔和な輝きの銀のヴェールに包まれた保護者的天使、時には、でしゃばらない連れ合い」（an etherial being, hovering half seen above him, in his hour of occupation, and gliding gently into his retirement, sometimes a guarding angel, somtimes an unobtrusive companion, wrapt in a silvery veil of mildest radiance, W.N. *The Dial* (January, 1841), reprint in 1999, Vol.1：362) に言及しているが、これはまさにプリシラにぴったりである。ヴェールへの言及まで、プリシラにぴったりである。ホーソーンが『ブライズデイル・ロマンス』で創作したプリシラ像は当時の典型的な女性像であったと言えるであろう。

　このように相反する傾向を持つ二人の女性のうち、カヴァーデイル（作者ホーソーンの分身）の選択は、「私は、はじめからプリシラを愛していた！」(I ... was in love with Priscilla! *CE* 3：247) というものである。これはまったく唐突であり、この作品の殆どの読者が驚かされる結論である。

　ホーソーンは、作品の当初からゼノビアに最大の関心を払い、その一挙手一投足に至るまで注目してきたわけである。その態度は物語の終りまで一貫して変わっていない。しかるに、まさに最後の最後にこの「どんでん返し」である。私達読者は全く面食らってしまう。テレンス・マーティン (Terence Martin) は「マイルズ・カバーデイルのプリシラへの愛の最後の告白は、ホーソーンの作品において最も悲しい（最も分かりにくい）告白である」(Miles Coverdale's final admission of love for Priscilla is the saddest (and most maddening) confession in Hawthorne's fiction. Terence Martin, *Nathaniel Hawthorne*, 1965：159) と言っている。

　しかし、ホーソーンの作品の女性像の研究からは、これは何ら驚くべき結論ではない。『緋文字』から、『七破風の屋敷』を経て、この『ブライズデイル・ロマンス』に到るまで、ホーソーンの主張する女性像は首尾一貫している。それは典型的な良妻賢母型の女性であり、ヴィクトリア朝時代の女性像である。ホーソーンは才気煥発で、知的で、女性の権利論を戦わす女性に、大きな興味と関心を示しはするが、それはあくまで知的好奇心においてである。ホーソーンの最終的選択は、常に世の「フィービー」であり、世の「プリシラ」にある。『ブライズデイルロマンス』において、殆どの読者を驚かせてまで、ゼノビアではなく、プリシラを選択したという事実の中に、私達はホーソーンが是認する明白な女性像を見ることができ

るのである。

第13章 『大理石の牧羊神』
―― 伝統的女性へ ――

　『大理石の牧羊神』(*The Marble Faun*, 1860) における女性像に関して、この作品の女性像の先駆とも言うべき作品がある。まず、その作品を検討しておきたい。それはハーマン・メルヴィル (Herman Melville, 1819-91) の作品『ピエール』(*Pierre, or the Ambiguities*, 1852) である。
　作者メルヴィルはこの作品を「グレイロック山の最高君主」(Graylock's Most Excellent Majesty) に捧げているが、この「グレイロック山の最高君主」とはホーソーンのことなのである。作品『白鯨』(*Moby-Dick, or the White Whale*, 1851) において、その作品を明白な形でホーソーンに捧げたメルヴィルが、その次の作品においてこのような極めて曖昧な形で、ホーソーンに捧げたのはそれなりの理由があったものと思われる。
　メルヴィルの伝記を書いたエドウィン・ミラー (Edwin Miller) は、両者に関する多くの資料の検討から、この時期にメルヴィルはホーソーンに対して、ホモセクシュアル的な関係を迫ったこと、それに危機感を抱いたホーソーンは当時住んでいた場所レノックス（メルヴィルの住居アロウヘッドに近接していた）を急に引き払い、ボストンの近郊ウエスト・ニュートンにあたふたと移り住んだこと、その結果、この時期には両者の関係は非常に気まずく、冷たいものになっていたと指摘している (Edwin Miller, *Melville*, 1975：249-50)。

　20歳前半の青年ピエール・グレンディニングは、金持ちの御曹司で、売れっ子の作家でもあり、何不自由ない裕福な暮らしをしている。母親のメアリー・グレンディニングは大地主で、サドル・メドウと呼ばれる広大な

地所を所有し、そこに多くの小作人をかかえ、その小作料で暮らしている。ピエールの父は彼が幼少の頃他界し、サドル・メドウの地所は全て母親の手によって管理・運営されている。ピエールには豊かな文学的才能があり、彼は既に詩集を出版したり、雑誌に文学評論を投稿したりして、その才能は世間に広く認められている。

　この潑剌たる若者ピエールには、当然のことながら、恋人がいて、その名前はルーシー・タータンという。彼女は良家の出で、青い眼をした金髪の美人であり、実家は町にあるのだが、ピエールを慕って、サドル・メドウ近くに住む親戚の家に寄宿している。彼女は絵画、特にスケッチを趣味として、作品制作に励んでいる。二人は頻繁にデートを重ね、外目には相思相愛の仲である。二人はやがて結婚する予定である。ピエールの母のグレンディニング夫人もそれを望んでいる。

　そのような、全ての点で将来を約束された若者ピエールの許に、ある日一通の手紙が届く。それはイザベル・バンフォードという女性からのもので、彼女はピエールの実の姉であるという内容のものであった。イザベルはサドル・メドウで働く小作人に雇われて、針子の仕事などの雑用をしている女性である。驚いたピエールは、彼女に会うが、その時の話から、彼女が本当に自分の姉であるとの確信を持つ。イザベルはルーシー・タータンとは正反対の女性である。教育も十分に受けておらず、ルーシーと比べて背は高く、素性は彼女の話を聴いた後にも、曖昧で不可解なところがある。しかし、ピエールはそれだけに益々彼の姉と名乗るこの女性に惹かれる。

　母親を傷つけないこと、自分の父の名誉を守ること、そしてなおかつこの姉と名乗る女性をその窮状から救い出すにはどうしたらよいかを考えたピエールは、この女性と世間的には「結婚した」ことにするのがベストだという結論を出す。そして二人は、デリーという下働きの女性と3人で、ニューヨークと思われる都会に向けて駆け落ちをする。グレンディニング夫人は当然のことながら、怒り悲しみ、ピエールを勘当し、遺言で一切の財産がピエールにいかないようにする。しかし、夫人は心痛に耐えきれず、

ピエールの出奔の後、暫くして他界する。

　ピエール、イザベル、召使のデリーの３人は都会で、ピエールの従兄弟で、羽振りのいい暮らしをしているグレン・スタンリーを尋ねるが、ピエールが駆け落ちをし、母親から勘当されているのを知ると、彼はピエールを相手にしない。仕方なく、３人は安宿に居を構え、ピエールはここで著作業に専念して、生計を立てようとする。彼は出版社からの前金で、なんとか暮らしていくが、著作は遅々として捗らない。そのような時に、かっての恋人ルーシー・タータンがピエールの後を追って都会にやってきて、ピエール達と生活を共にする。ここで、ピエール、イザベル、ルーシーの３人の奇妙な共同生活が始まる。このような状況で、精も根も使い果したピエールは健康を害し、将来の不安に駆られる。折しも、出版社から、前金を払ったのに、原稿が出来上がらないのは契約違反だと訴えられる。

　従兄弟のグレン・スタンリーはグレンディニング夫人の遺産を全て受け継ぎ、その上密かに思いを寄せていたルーシーをも自分のものにしようと企てる。ここに至ってピエールは荷物の中に隠していた拳銃を取り出し、スタンリーを追跡して彼を射殺する。ピエールは捕らわれ獄中にある。そこにルーシーとイザベルが面会に来る。ルーシーは悲嘆と絶望のあまり、そこでショック死してしまう。ピエールはイザベルの隠し持ってきた、毒薬を飲み死ぬ。イザベルも同じく、毒薬を飲んでその場で死ぬ。

　メルヴィルはこの作品の中で、ルーシーとイザベルという二人の女性を登場させたが、この二人はホーソーンの『大理石の牧羊神』に出てくるそれぞれヒルダとミリアムという女性に対応していると考えられる。

　ルーシーは典型的なニューイングランドの女性であり、金髪で碧眼をしている。彼女を形容する言葉は、常に「雪のように白い」(white as snow)であり、「純粋に白い」(pure　white)である。また、「天使のような」(angelic)という言葉も彼女に関して頻繁に用いられている。例えば、彼女の寝室のベッドには「雪のように白い」カーテンが掛けられており、彼女は「純粋に白い」衣服を纏っている。彼女は汚れを知らぬ「乙女」であり、

ちょっとしたことにもすぐ驚き、強いショックを受けてしまう。実際、彼女は、従兄弟のグレン・スタンリーを射殺したため牢獄につながれているピエールに、イザベルと一緒に面会に行った時、ピエールの悲惨な状況や、彼との激しい言葉のやりとりでショック死しているのである。

　メルヴィルのこのルーシー・タータンの描写は、『大理石の牧羊神』の中に登場するヒルダのそれと似ている。ヒルダはローマの街中の高い塔の中に一部屋を借りていて、窓際には白い鳩が出入りしている。彼女は、ルーシー・タータンと同じく、常に「雪のように白い」とか「純粋な白色」と描写されている。ヒルダが失踪したあと、友人の男性ケニオンはヒルダの部屋の中を探すのであるが、その部屋の中にある「テントの型をした雪のように白いカーテンに囲まれた、白い綴れ織りで被われたベッド」(a bed, covered with white drapery, enclosed within snowy curtains, like a tent. *CE* 4：404) の描写は、ピエールがルーシーの部屋を尋ね、その寝室を見た時の描写と酷似している。

　ヒルダは金髪、碧眼であるが、この点もルーシーと同じである。ルーシーは部屋の中に画架を置いて、絵を描くのを趣味にしているが、ヒルダは画家を志望しており、ローマの美術館を訪れ、絵を模写している。彼女はちょっとしたことにもすぐ驚き、大きなショックを受けることもルーシーとよく似ている。

　ミリアムとドナテロの共同犯罪（ミリアムに付きまとって離れない修道僧アントニオを、ミリアムの暗黙の同意を得てドナテロがタルペイアの断崖から突き落として殺害したこと）に対するヒルダの反応は、まさに異常と言える程である。これは殺人であるから、唯一の目撃者たるヒルダがそのことで悩むのは当然であるが、問題はその「悩み方」にある。彼女はこの殺人を目撃したことで「自分の潔白さ」「自分の純潔さ」が汚されたような反応を示す。そして白い服についたシミを取り除こうとするかのように、この事件から逃れようとする。事件のことで深く傷つき、精神的にうちひしがれた友人のミリアムがヒルダのところに相談に来ても、ヒルダは彼女に会おうともしない。

『ピエール』の中のイザベル・バンフォードは得体の知れない、神秘的な女性として描かれている。イザベルの母親はピエールの父の若い時の浮気の相手であり、フランス人女性ということになっているが、それはイザベルが一方的にそのように言うだけであり、確固たる証拠があるわけではない。自分の父親が、ピエールの父親だと分かった経緯に関しても、彼女の説明によると、自分の持っていたハンカチにグレンディニングの名前が書いてあったというだけであり、そのハンカチは残っていない。もう一つの証拠として彼女が挙げているギター（このギターは、グレンディニングの館から得たもので、自分が生まれる前から自分と共にあったのだと彼女は言っている）に関しても、その中に「イザベル」という名前が彫られているだけであり、証拠の品としては不十分なものである。その上、イザベルが自分の姉である証拠の一つとして、ピエールが挙げている、彼の父親の肖像画にイザベルが似ていることに関しても、それは「他人のそら似」でも十分に説明できる事柄であり、先入観をもって見れば、肖像画はいくらでもそのように見えるものである。しかも、ピエールは後にこの肖像画を意図的に破壊している。だから、何ひとつ確証はなく、イザベルはまさに「正体不明」なのである。ピエールもこのことは内心感じていたものとみえ、彼がサドル・メドウを離れ、ニューヨークとおぼしき大都会へ出奔した後も、イザベルの正体の不確実性が最後まで彼を苦しめるのである。

『大理石の牧羊神』におけるミリアムは、上記のイザベルに劣らぬミステリアスな女性として描かれている。彼女は、名門の家柄の出であるようだが、血筋の中にユダヤ人の血が流れているとも、英国人の血があるとも、また黒人の血が混ざっているとも描写されていて、曖昧なままである。

さらに、彼女は「今世紀に起こった、最も恐ろしい、かつ不思議な事件の一つ」(one of the most dreadful and mysterious events that have occurred within the present century, *CE* 4：467) への関与が疑われているが、その「事件」が実際に何であったかは不明である（この点に関して、ナタリア・ライトは次のことを指摘している。1.「今世紀の起こった最も恐ろしい、不思議な事件」とは、1847 年にフランスのパリで起こったシュワザール・プラスラン公爵

による彼の妻の殺害事件に関係があるかもしれない。2．公爵は、住み込みの女家庭教師ヘンリエッタ・デイポールの暗黙の了解を得て、殺人を犯したらしい。3．この事件で、デイポールは無罪となった。4．デイポールはその後、アメリカに移住したが、1851年の夏にホーソーンはストックブリッジ——バークシャーにある町——で彼女に会った可能性がある。5．ホーソーン自身がミリアムの原型はデイポールであることを認めている。Claude M. Simpson, "Introduction," in *The Marble Faun, CE* 4：xlii-xliii を参照）。

一方で、ミリアムは、彼女の絵の「モデル」をしている（と彼女が言う）修道僧アントニオに絶えずつきまとわれ、何かのことで彼に脅迫されているようだが、その事実が何であるかは不明であり、真相は藪の中である。また、修道僧アントニオは、ミリアムの一族が定めた許婚者であり、ミリアムがそれに反発して逃げ出した当の相手とも考えられるのだが、それもはっきりしない。

さらに、ミリアムはローマの官憲につけ狙われていて、何かの事件に関係があるらしいある包みをヒルダに託す。その中身については定かではないが、彼女は官憲の追跡から逃れる画策をしているようである。

このように、ホーソーンの『大理石の牧羊神』は、それより8年前に書かれたメルヴィルの『ピエール』に、その女性像において著しい類似性を見せている。これは一体何を物語るものであろうか。ホーソーンは、この点においてメルヴィルに影響を受けたのであろうか。それは考えられないことではない。先に述べたように、『ピエール』は「グレイロック山の最高君主」（Graylock's Most Majestic Excellency）に捧げられているが、これがホーソーン自身を指したものであることは、ホーソーンには直ぐ分かったことであろう。というのは、ホーソーンの眼の特徴がその「グレイ」にあったことは当時は周知の事実であり、グレイロックの「グレイ」はホーソーンの眼の色を遠回しに指しているからである（例えば、Arlin Turner, *Nathaniel Hawthorne*：*A Biography*, 1980：42）。従って、この本に対するホーソーンの関心はかなりのものがあったと推定される。

その上、この本の中に出てくる哲学者で理論家のプロティヌス・プリンリモンという人物はホーソーンをモデルにしていることが指摘されている (Edwin Miller, *Melville*, 1975, 237-239)。この人物は「クロノメーター」(chronometer, グリニッジ標準時時計——永遠のキリスト教の真理) と「ホロロッジ」(hololodge, 時差修正地方時計——俗世での現実的な生き方) の区別をたてている学者である。キリストの教えは永遠の真理には違いないが、それをそのまま俗世に適応すれば相当な歪みが生まれてくる。だから、我々人間は、「有徳の便宜手段」(virtuous expediency) でもってクロノメーターを少し調整して、ホロロッジに従って生きなければならないというのである。

　ピエールは、イザベル及び使用人のデリーとサドル・メドウから出奔する馬車の中で、プリンリモンのこの説が書いてある小冊子を偶然発見するのである。この説の主張するところは、ピエールの行動への徹底した反論となっており、ピエールの行動のあまりの理想主義、現実性の欠如を指摘したものとなっている。理想をむやみに追求せず、現実に妥協して生きている点、また、ピエールは後にニューヨークでこのプリンリモンに会うのであるが、二人はまったく黙したままであり、互いに相手に何の干渉もしようとしない点——この２点が、メルヴィルの接近を避けて、急に転居したホーソーンへの批判となっていると研究者は指摘している (Edwin Miller, *Melville*, 1975：237-239)。

　さらに『ピエール』の中には、ホーソーンの『大理石の牧羊神』との異常とも言えるまでの類似性を示す事柄がある。それは『ピエール』の中における絵画「ベアトリーチェ・チェンチ」への言及である。

　歴史上のベアトリーチェ (Beatrice Cenci, 1577-1599) は、放縦な暴君の父親のフランチェスコによって義母ルクレチアと共に、ある城の中に閉じ込められ、繰り返し凌辱された。このためベアトリーチェの恋人であり婚約者であるオリンピオ・カルヴェッティと、彼に雇われた殺し屋が、この近親相姦の罪を犯した父親を殺害してしまう。しかし、翌年早々残された

チェンチ一家全員が逮捕された。義母ルクレチア、ベアトリーチェ自身、そして彼女の兄弟であるベルナルドとジアコモ達は度重なる拷問を受け、ついに父親殺害を自白してしまった。その結果、ベアトリーチェと義母ルクレチアとジアコモは公開の場で斬首の刑となり、ベルナルドは年少のため1年間の投獄の後、釈放された。時に、ベアトリーチェは22歳であった。父親によって辱めを受け、無実の罪で処刑されたベアトリーチェにはその後、多くの人の同情が集まった。現在、ローマのバルベリーニ美術館にある（かってギド・レニの作と言われていたが、現在では、レニの作とはされていない）女性の絵は、このベアトリーチェを描いていると言われている。

　『ピエール』の中で、作者はピエール、イザベル、それにルーシーの3人に美術館を訪れさせ、この絵を見せて、長々とこの絵に関して議論を展開しているが、その意図は明白である。それは、ピエールとイザベルの関係を暗に仄めかしているのである。もしイザベルが本当にピエールの姉であるのなら、二人の関係は明らかに近親相姦である。作者は二人の性的関係には一切言及していないが、これはやはりヴィクトリア朝時代の文学的表現の「お上品さ」によるものと思われる。ピエールとイザベルはニューヨークの安宿で長い間一緒に暮らしているわけであるから、二人の関係は夫婦に他ならない。

　一方、ホーソーンが『大理石の牧羊神』でベアトリーチェの絵に言及したのは、ミリアムと彼女のモデルである修道僧アントニオの関係を暗示したものと思われる。この修道僧が誰であるかは謎であるが、見方によってはミリアムの父である可能性がある（Frederick C. Crews, *The Sins of the Fathers*, 1966：226-227）。修道僧は何かの理由で常にミリアムを脅迫しているが、その脅迫の元になっているものは、もしかすると二人の近親相姦であるかもしれない。当時において（19世紀中頃）も、ベアトリーチェの時代（16世紀）と同様、近親相姦は死罪に値する重大な罪であった。『大理石の牧羊神』の創作にあたって、ホーソーンがどの程度メルヴィルから影響を受けたかは不明であるが、8年の間を隔てて、二人の文学的巨匠が同じような女性像を提示し、同じようなテーマを取り上げたということは、極め

て興味深い。

　両作品の女性像におけるこの著しい類似性は、メルヴィルのホーソーンへの影響ということも考えられるが、このような女性像はその当時の文学作品における一般的な女性像であったとも解釈できるのである。つまり、メルヴィルもホーソーンも当時の文学作品における一般的な、伝統的な女性像を描いたに過ぎないのではないかと思われる。
　そのように思われる理由としては、メルヴィルの作品『ピエール』においても、また、ある程度ホーソーンの作品『大理石の牧羊神』においても、女性が女性として描かれているのではなく、ただ何かの「象徴」として描かれているように感じられるからである。すなわち、ルーシー・タータンは、世の男性なら誰でも庇護し、結婚したいと思うような、か弱く、従順で、清らかで、敬虔で、純真な乙女として描かれている。男性の側のそのような「思い込み」の象徴として彼女は描かれているのである。それは、『大理石の牧羊神』のヒルダに関しても同様である。
　さらに、得体の知れないイザベルにしても、それは世の男性なら誰でも心に抱いている神秘的な存在としての女性、不思議な存在としての女性、男心をとらえて離さない、怪しい魔性を秘めた女性として描かれている。これもまた男性が女性に投影するイメージである。それゆえ、ピエールの場合でも、彼が姉としてのイザベルを何とかして助けたいと思ったと考えることもできるが、反面でルーシー・タータンのような全て見通せる典型的なレディーに飽きたらず、もっと得体の知れない神秘的な女性に、男としてのピエールがより惹かれたと考えることも可能なのである。つまりピエールは、父の名誉を守り、不幸な姉を救い出すために、結婚という形を取るより他に手立てはないと決心するのだが、それは非の打ち所のないルーシー・タータンを裏切るにあたっての、自分に対する口実であり、心の底に蠢く、自らも気付いていない欲望に対する内なる合理化であったと考えることもできる。

ホーソーンは彼の作品において、『緋文字』のヘスター、『七破風の屋敷』のフィービー、『ブライズデイル・ロマンス』のゼノビアとプリシラ、それに『大理石の牧羊神』のヒルダとミリアムへと、その女性像において変遷していった。その変遷において気付く顕著な傾向は、回を重ねる度にホーソーンの女性像が「お上品な伝統」にかなった女性、ヴィクトリア朝時代の典型な女性像へと変遷して行ったことである。

　『七破風の屋敷』におけるフィービーは実に手際よく仕事をし、人の世話をし、人に好かれ、善意に満ちた、明るく、快活な女性であった。そのような彼女に読者は無条件に好感が持てた。しかし、プリシラは何となく、ひ弱な感じがし、最後のヒルダに至っては、私たちは嫌悪感さえ抱いてしまう。

　『緋文字』において、ヘスターというあのような素晴らしい女性像を展開させたホーソーンが、どうして後年になるに従って、このような紋切り型の女性像へ傾斜して行ったのであろうか。ホーソーンは当時の女性の権利運動のことはよく知っていたし、当時の女性達が抱えるさまざまな問題も熟知していたはずである。それならなおさらのこと、何故ホーソーンは世の中の流れに真っ向から逆らうような女性像へと動いて行ったのであろうか。

　平凡ではあるが、ひとつ言えることは、ホーソーンも人間であり、男性であったということである。周知の通り、当時「自由演壇」(open platform)の習慣は存在していなかった。聴衆の前で自由に意見を述べ、演説をすることができるのは男性だけであった。奴隷解放問題に端を発して、女性も聴衆の前で自由に意見を述べ始めた時、一番多く、また最後まで抵抗したのは牧師たちであった。それは牧師たちが女性が演壇に進出することで、自分たちの地位や職業が脅かされると思ったからであった。

　丁度それと同じように、ホーソーンは女性達が文壇に進出することには強い危機感を抱いていた。ホーソーンは出版業者のティクノー（William Ticknor）への有名な手紙で次のように書いている。

　　「アメリカは今、いまいましい、下らぬ物を書き連ねる女性たちで全

く占領されています。大衆の趣味がこのような女性のくだらない作品で占められている時、私は作家として成功する見込みはありません。またもし成功したら、私は自分のことを恥じてしかるべきなのです。」(America is now wholly given over to a d——d mob of scribbling women, and I should have no chance of success while the public taste is occupied with their trash——and should be ashamed of myself if I did succeed. Nathaniel Hawthorne, *Letters of Hawthorne to William D. Ticknor*, reprint in 1910：I, 75)

当時の、ホーソーンの言葉で言う、「下らぬ物を書き連ねる女性たち」(damned mob of scribbling women) の代表格とも言うべき女性は、先にも言及したマーガレット・フラーであるが、ホーソーンが内心いかにこの女性を嫌っていたかは、彼の『フランス・イタリア日誌』(*The French and Italian Notebooks*) を読めば、明白である。

この中でホーソーンは、彼女のオソーリ (Marchese A. d'Ossoli) との結婚に言及し、オソーリという男は体裁は貴族ということになっているが、実は貧乏人で、無学で、文盲である。彼は足の右と左も識別できない男である。彼の姉妹達は帽子なしで歩きまわっている（帽子なしで外出することは、当時では売春婦と間違われる恐れがあった）。常に知的素養を標榜しているフラーがこのような男と結婚する理由は、肉欲以外に考えられない。オソーリは軽薄な男で、フラーを理解できるような人物ではない。また、フラーは女性の魅力にまったく欠けている、だから二人の結婚は理解し難い。フラーという女性は、自分でもよく分かっていない事柄をさも分かったかのように言う女性であり、全くのペテン師 (humbug) である。だから最後は彼女は水死することになったが、それは考えようによっては天の配剤とでも言うべきものである。以上のようなこと、また、その他多くのことをホーソーンは2ページに渡って滔々と書いているのである (*CE* 14：155)。

ホーソーンの「ノートブック」というのは単なる記録だけでなく、後に何らかの形で発表することを意識して書かれたものである。そのようなこ

とを考え合わせると、上記の文章はそれが真実であろうとなかろうと、ホーソーンの「下らぬ物を書き連ねる女性たち」への嫌悪感が感じとれるのである。

上記の「もの書き女性」をも含めて、ホーソーンはいわゆる「男勝りの女性」をあまり好まなかった。それは、「伝記的素描」(*Biographical Sketches*)の中に収められている「ハッチンソン夫人」("Mrs. Hutchinson," 1830)と題する作品にもよく表れている。この作品には、2ページにわたる「序文」のようなものがついていて、そこでホーソーンはかなり強い言葉で、彼の女性観を披歴している。

概要を述べると、(1)現在の世の中には下らないもの書きの女性や、雄弁な女性がやたらに増えていて、この悪はさらに広がろうとしている。(2)社会においては男性と女性の分野は厳然と分かれているが、それは偶然にそうなっているのではない。(3)もの書きや演説、その他の分野に女性が進出しても、男性は彼女たちを偉いとは思わない。(4)そのような分野に進出する女性は、次第に女性としての魅力を失っていく、というような内容である("Mrs. Hutchinson" in *The Works of Nathanaiel Hawthorne* in 12 vols, ed. George Lathrop, Riverside Edition, 1860, Vol. 12：217-218)。

さらにホーソーンは言葉をついで、次のように述べている。

「女性の知性は男性の知性に対して、決して色調を与えるべきではなく、女性の道徳さえも、男性の道徳への何の参考材料ともならないのである。」(Women's intellect should never give the tone to that of man；and even her morality is not exactly the material for masculine virtue. Reiverside Edition, 1860 Vol. 12：217-218)

これは徹底した男性中心主義である。このような文章を読むにつけ、ホーソーンもやはり世の男性の一人であり、時代の子であると認識せずにはおれない。

この「伝記的素描」の中の「ハッチンソン夫人」は、1830年にセイレム・ガゼット新聞に発表されたものであるから、ホーソーンが26歳の時に書かれたものである。だからホーソーンの男性中心主義は、本来的に彼の身

に染みついていた。そして彼が『緋文字』の成功で文士として有名になり、長編作品を次々に世に問う段階になって、彼の「本音」が出て来たと言うべきであろう。ホーソーンの後半生における作品の中の「お上品な伝統」への傾斜は、このように一応説明が出来るのである。

　アメリカ社会は、「改革の時代」(Era of Reform) を経て、南北戦争に突入し、大きく変わろうとしてした。今までは主に家庭内に閉じ込められて、十分な活躍を制限されていた女性たちも、より大きな社会進出、男性との地位の平等・機会均等をめざして活動をし始めた。

　『アメリカン・ルネサンス』の中で、F. O. マシセンは、「［ホーソーン］はより困難な道を歩むことができなかった。また彼は、彼の比較的単純な時代と地域から、今まさに現れようとしていたアメリカ社会のダイナミックな変容へと、想像力において、移っていくことができなかった」([Hawthorne] was not able to take the more difficult step, and to pass across in imagination from his relatively simple time and province to the dynamic transformations of American society that were just beginning to emerge. F. O. Matthiessen, 1941：360) と述べているが、この事実はホーソーンの女性像の中に最も顕著に現れている。

第 14 章　ホーソーンの女性像の多様性

　ホーソーンの作品における女性への関心の深さとその広さには驚くべきものがある。私達が自分の極めて親しい友人とか、時代の有名人や話題にのぼった人々に関心を持つのは当然である。それらの人物を日記や日誌に書いたりするのも不思議はない。しかし、ホーソーンの『アメリカ日誌』(*The American Notebooks*) を読んでみると、彼は、単なる行きずりの、これといって人目をひく所などないように思われる人物にも注目し、彼らや彼女らのことを詳しく書き留めているのである。ホーソーンはこれらの人物を、彼が後に創作しようとした短編や長編の「材料」にしようと意図していたので、これも当然と言えば当然である。それでもなお、ホーソーンの細かい観察には驚かざるをえない。特にホーソーンが極めて平凡な女性に注目し、彼女達について日誌に書き留める時、私達はホーソーンの女性像の研究の観点から、彼の観察に注目せざるを得ないのである。

　例えば、『アメリカ日誌』の中の 1837 年 7 月 26 日の項目に次のような描写がある。

　　「作品の登場人物へのヒント——ナンシーという美しい黒い眼をした聡明な使用人の女性。彼女はハリマン船長の家に住んでいる。この女性は毎日私たちのところ〔ホーソーンはこの時、友人のホレイショ・ブリッジ (Horatio Bridge, 1806-1893) を訪問していた〕にベッドを整えに来て、心地よい声で私と朝の挨拶を交わす。そしてチラッと私を見て、幾分恥ずかしげに微笑む。というのも、私達はよく知り合ってはいないが、打ち解けて話が出来そうだからである。彼女は一週間に一

度洗濯をする。そして、日差しが暑いので、彼女のバンダナの位置が少しずれ、白い胸を露わにして、彼女が洗濯桶にかがみ込んで立っているのが見られるかもしれない。彼女はしばしば、剥き出しの腕を洗濯水の中に浸けたまま、ハリマン婦人と話している……午後になると彼女は恐らく絹の服に着替え、美しく貴婦人のように見えることだろう。そして誰か男性が緑色のブラインドの後から見ているのを意識して、家のあたりを歩きまわることだろう。夕食の後、彼女は村まで歩いて行く。朝と夕方に、彼女は村で牛の乳搾りをしているのである。こうして彼女は、陽気に、人の役に立って、貞節に、いつかは夫と子供を持つ希望をもって生きている。」(Hints for characters——Nancy, a pretty, black-eyed intelligent servant-girl, living in Captain Harriman's family. She comes daily to make the beds in our part of the house; and exchanges a good morning with me, in a pleasant voice, and with a glance and smile——somewhat shy, because we are not well acquainted, yet capable of being made conversible. She washes once a week, and may be seen standing over her tub, with her handkerchief somewhat displaced from her white bosom, because it is hot. Often, she stands with her bare arms in the water, talking with Mrs. Harriman … In the afternoon, very probably she dresses herself in silks, looking not only pretty but ladylike, and strolls round the house, not unconscious that some gentleman may be staring at her from behind our green blinds. After supper, she walks to the village, morning and evening, she goes a milking——and thus passes her life, cheerfully, usefully, virtuously, with hopes, doubtless, of a husband and children, *CE* 8:60)

　これは現代の私たちが読めば何でもない、一人の女性を描写した文章である。しかし、その描写の「特異性」を私達は知る必要がある。ヴィクトリア朝時代（アメリカもその影響下にある）には、アメリカにおいても「身分」のようなものが存在し、女性に関しては、働く階級（労働者階級）とそうでない階級（上・中流階級）があった。そしてその両者の間には一線が引

かれ、相互の交流はあまりなかった。1848年にニューヨーク州のセネカ・フォールズで全米初の女性権利大会が開催されたが、そこで言う「女性」とは中産階級以上の女性のことであり、働く女性達は含まれていなかった。だから当時の働く女性達は、自分たち自身の権利の確保のために、上記の女性の権利運動とはまったく別の戦いを強いられたのである。

　ホーソーン一家は裕福な暮らしではなかったが、母のエリザベスに少しの遺産があったため、「食うために働く」必要はなかった。ホーソーンがボウドン大学を卒業後、これといった定職をもたず12年もの長い間生活できたのはこのためである。だからホーソーン一家は、実際はどうであれ、形式的には由緒ある「中産階級」であった。ホーソーンが結婚相手に選んだソフィア・ピーボディは、あまり表立つことを好まず、家の中で絵や彫刻を趣味として暮らしていたが、これは彼女の「頭痛」をも含めて、ヴィクトリア朝時代の典型的な「中産階級」の女性の生活様式であった。だから二人の結婚に関しては、「家」の格式としては両者ともに中産階級であり、似合いであった。しかし、それでもホーソーン一家の人々は、相手側の家の格式が劣ると考えて、二人の結婚式にはホーソーン一家からは誰も参列していないのである。
　このような時代であったから、ホーソーンが訪問先で、単なる「仕事女」に着目し、その女性について長々と日誌に書き留めるのは、それ自体、一風変わったことなのである。もちろん、社会や時代は変わりつつあるし、自由と平等を標榜して成長・発展を続けるアメリカであってみれば、まもなくこのような身分上の区別は消えてしまう（特に、南北戦争以降その傾向が強まる）のであるが、この当時（1830年代）はまだ、「貴婦人」（ladies）と「仕事女」（working women）は厳然と区別されていた。そして一方が他方に興味や関心を示すことは殆どなかった。
　しかし、作家ホーソーンは違っていた。彼は行く先々で働く女性をも含めて、様々な女性に関心を示し、機会あるごとに、彼女達を日誌に書き留めた。そして、このような地道な作業が、ホーソーンの作品における多く

の女性像の基礎となり、その土台の上にホーソーンの広範囲にわたる、豊かな女性像が生まれてきたと考えられる。

さらに別の例をあげると、ホーソーンがノース・アダムズ（North Adams, マサチューセッツ州北部の丘陵地帯）に旅行した時のことである。観光名所の一つであった「ノッチ」（山あいの土地。ウィリー一家が生き埋めとなった場所）と呼ばれる場所で、ホーソーンが食堂に入った時、彼は次のように書いている。

「私たちのテーブル係イライザ・チーズバラはもっとも奇妙な女性である。彼女は会話を続けながら客と接触を続け、馴染みの客にはいつも小さな悪戯をするのである。彼女が美人であったので、それらは客に大いに気に入られた。しかし、それでいて、彼女はとてもよく気がきいた。彼女は一時たりとも真剣であったためしはなく、いつも陽気に笑い、しかめっ面をしたりしていた。まるで悪戯や、女らしい愚行が頭の中で沸き返っているようであった。彼女は自分が気に入った客には大きな一切れのパイを与えるのである。『私に何がして欲しいのかい。あんたには、二切れのパイを注文して欲しいね』……」(Our table-waiter, Eliza Cheeseboro, is the queerest table waiter that ever was. She keeps a continual connection with the conversation going on, and is all the while playing little tricks on her familiars, that are favorably received because she is a pretty girl：——and yet she is substantially very attentive, after all. She is never serious a moment together, and is all the time simpering, mopping and mowing, as if trickeries and girlish follies were effervescing in her brain. Some, who please her, she rewards by a great piece of pie——"What can I do for you? Won't you bespeak two pieces of pie? *CE* 8：123)

このようにホーソーンは、何気なく入った食堂のウエイトレスの挙動までこまかく観察しているのである。しかも驚いたことに、「お上品な伝統」

が称賛されていたこの時代に、ホーソーンの観察は売春婦にまで及んでいる。

　バーカーという居酒屋でホーソーンが食事をしていると、メアリー・アン・ラッセルという女性を探して、中年の男がやってきた。この女性はその界隈では広く知られた売春婦であった。それで客たちがその男性によく話を聞いてみると、この男性というのはどうやらこの女性の夫であった。それで店の客たちは、「今、妻を探しに行かないほうがいいぞ」とか、「ポン引きの黒人の男が居場所を知っているのではないか」とか言って、さんざんこの男をからかったが、この男はそれによく耐え、妻のことを気遣いながら去って行った。そのような内容である。そして、ホーソーンは記録の最後に「疑問」（Query）として次のように述べている。

　　「夫の妻が売春婦であることに関して——最も肝心な点と思えるものに関して夫を傷つけておいて、その妻は彼女の夫のそばで、妻の務めを果たそうというどれくらいの願望と決意を持っているだろうか」
　　(in relation to the man's prostitute wife——how much desire and resolution of doing her duty by her husband can a wife retain, while injuring him in what is deemed the most essential point, *CE* 8：60)

「心の真実」こそが自分の文学の最大の狙いだとする考えにやがて至るホーソーンにしてみれば、これは女性の心の内面に迫る問題として、更にこの問題を掘り下げて、短編作品ぐらいは書きたかったのかも知れないが、残念ながらこれを主題にした作品やスケッチは現在、残されていない。

　同じく 1837 年の日誌のエントリーに次のような文章がある。
　　「午前中に教会に行ったが、なにも珍しいものはなかった。ただ、私たちの隣の座席に 3・4 歳くらいの女の子がいた。この女の子はメイドの膝に頭を埋めて寝ていた。とてもかわいい女の子であり、寝ている無邪気さの見本であった。」(We went to meeting this forenoon. Saw nothing very remarkable, unless a little girl in the next pew to us, three or four years old, who fell asleep, with her head in the lap of her maid,

and looked very pretty——a picture of sleeping innocence. *CE* 8：41)

　ホーソーンの女性への関心は、教会で偶然に見た、わずか3・4歳の女の子にまで及んでいるのである。

　この2年前（1835年）、ホーソーンは「小さなアニーの散歩」("Little Annie's Ramble," 1835) という5・6歳の女の子を主人公にした作品を書いている。これも、ホーソーンの女性への幅広い関心と多様性を示すものと言えるであろう。以下にこの作品を概観してみよう。

　既に中年である「私」は、街角にいたアニーという少女に声をかけ散歩に連れて行く。丁度街には移動動物園がやってきて、象やライオンやトラや、角をはやした馬などが見られるという。「私」はアニーと連れ立って動物見物にでかける。「私」は黒い服を着た、中年の男である。アニーは半ズボンをはき、フロックを着て、帽子をかぶっている。奇妙な組み合せである。街は馬車や手押し車やその他の交通で活気に溢れている。

　オルガン奏者が街角でオルガンを弾いている。アニーはそれに合わせて踊る。街には種々の店が並んでいて、アニーは小物店や宝石店や金物店を見てまわる。また、菓子やケーキを売る店があり、アニーは特に熱心に覗きこんでいる。そして、本屋では、アニーは絵本に見とれている。さらに行くと、おもちゃ屋もあり、アニーは人形にことのほか興味を示す。鳥屋には、種々の熱帯の鳥がいて、インコもいる。インコは「綺麗なポール」とわめいている。やがて二人は動物園にやってくる。世界の各地からやってきた種々の動物が展示してある。象をはじめ、ライオンやベンガル虎までいる。狼もいる。北極熊もいる。アニーが乗るのに適したポニーもいる。こうして二人はまた元の騒がしい通りに戻る。

　すると、街の触れ役が「小さい女の子がいなくなった！」と言って、大きな声で街中に触れ回っていた。「私」は大慌てでアニーを元いた場所へ戻す。「私」は純真無垢の女の子との触れ合いを通して、明日の生活への力を得るのである。

この作品を読んで感心する点は、ホーソーンが「実際にこれこれのことを私はした」と言わないで、巧妙にぼかしている点である。つまり、これはあくまで作者の「空想」という形を取っている。それはこの物語が全て、現在形で書かれていることでも分かる。作者は実際にこのようなことを経験したのかも知れないが、それは最後まで分からない。ホーソーンは、「かわいい女の子とこのような経験をすれば、どんなに素敵だろうな」と思いながら、この物語を書いているのである。

　そしてその思いの底には、小さな可愛い女の子のいる家庭生活への願望が窺え、さらにその願いのかなわぬ中年にさしかかった独身男の自嘲も感じられるのである。人間の屈折した心理を軽やかに描くホーソーンの面目躍如たるものがある。普通、ホーソーン研究の中で、この「小さなアニーの散歩」は一顧だにされない作品であるが、私はホーソーンにおける女性像の研究の観点から、この作品はホーソーンの女性像の多様性を示す例として注目したい作品であると考えている。

　こうして、わずか5・6歳の少女に関心を示したホーソーンであるが、ホーソーンは高齢の老婆にも大いなる関心を示しているのである。彼の女性への関心は、あらゆるタイプ、あらゆる年齢の女性にわたっている。『アメリカ日誌』を読むと、1835年9月7日のエントリーに次のような文章がある。

　　「陽気な若い女性から老婆への変化。陰気な出来事が起こる。その影響が彼女の性格の周りに集まり、彼女の性格を変えていく。やがて、彼女は好んで病室に出入りし、人の最後を看取り、遺体を整えることに喜びを見出す女性になる。また、彼女は葬式の思い出を多く持ち、地上よりも地下に多くの知り合いを持つようになる。」(A change from a gay young girl to an old woman ; the melancholy events, the effects of which have clustered around her character, and gradually imbued it with their influence, till she becomes a lover of sick-chambers, taking pleasure in receiving dying breaths and in laying out the dead ;

also having her mind full of funeral reminiscences, and possessing more acquaintance beneath the burial turf than above it. *CE* 8：10）

　これが作品として具体化されたのが、同年にニューイングランド・マガジン（*The New England Magazine*）に掲載された「白い衣服の老女」（"White Old Maid," 1835）である。

　ある大きな屋敷の豪華に飾られた一室に、若者の死体が安置してあり、その側に二人の女性がいる。一人は従順で控え目なエディスである。エディスは死亡したこの若い男性の妻である。もう一人の女性は高慢で横柄な態度をした女性である。この女性は、死亡したこの若い男性と不義密通をしたらしい。彼女は、「あなたは生きている時にこの男性を所有していたのだから、死体は私のものだ」と主張している。エディスは毅然として自分と夫を二人きりにしておくように言い、そして、「これから数十年後のこの日に、この同じ場所に来て、謝罪をすれば、夫と私はあなたを許すでしょう。その時のあなたの身元証明は、この頭髪です」と言って、夫の頭髪を一握り彼女に手渡す。そして再会の日時を約して二人は別れる。

　栄枯盛衰、浮き沈みの激しい世の中にあって、この立派な屋敷はその後、それを相続する親族間の争いで所有権が定まらず、依然、取り壊されず長い間そのままの状態で街の中央に残ることになる。この街に残ったエディスは、あの出来事以来、いつも「経帷子」を着て、それを脱ぐことがなかった。それで彼女は、「経帷子の老女」（Old Maid in the Winding Sheet, *CE* 9：372）と呼ばれるようになった。彼女は多くを求めず、街の人々とあまりかかわりを持たずに生きたが、病人や死者の出た家には必ず彼女の姿があった。特に葬式のある家には必ず彼女の姿があり、長い間には街の人は不幸な出来事の折には、彼女の姿を期待するようにさえなっていった。彼女は葬式の際には、常に埋葬を手伝い、地上よりも地下に多くの知り合いを持つに至った。やがて彼女は齢を重ね、数十年の年月が流れて、彼女自身の死期が迫ってきた。

　ある日、どこにも葬式などありそうもないのに、彼女はいつものように

経帷子を着て、当惑する町の人々の中に姿を現し、例の屋敷の方へと進んで行った。今は崩壊寸前のボロ屋敷と化したその家は、ひとりでに扉が開き、中からとっくに亡くなったと思われていた昔の黒人の使用人が彼女を迎え入れたようだった。まもなく、壮麗な四輪馬車がこの屋敷の前にとまり、中から貴婦人らしき老女が降りて、この屋敷の中に入って行った。しばらくして、中から大きな悲鳴が聞こえた。街の人が、牧師を先頭に立てておそるおそる中に入ってみると、その昔若い男の死体が安置してあった部屋の安楽椅子にエディスが経帷子を着て座っていた。もう一人の老女は頭をエディスの膝の上におき、片手は床につき、もう片方の手は激しく自分の心臓をつかみ、その手には一束の髪の毛が握られていた。両者とも既に息絶えていた。

　この二人の女性は、姉妹であったかも知れない。そうであれば、両者の葛藤にはもっと激しいものがあったであろう。また、死亡した男性と高慢で横柄な女性との間にどのような不義があったのか、作者は明白にしていない。そのようなことは一切読者の想像力にまかせ、二人の女性がそれぞれの運命に向かって突き進む作者の表現力にはまさに鬼気迫るものがある。

　大きな古びた屋敷の中へと、街の人々が一団となっておそるおそる入っていくと、部屋の中で奇妙な老婆が一方の手に一束の頭髪を持って死亡しているという最後の場面は、何となくウィリアム・フォークナー（William Faulkner, 1897-1962）の短編「エミリーのバラ」（"A Rose for Emily"）を彷彿とさせるものがある。また、経帷子を着けて、街の人たちと大きな係わりを持たず、常に病人や死せる人の味方となり、街の人々に感銘を与えるまでになるこのエディスという女性は、ホーソーンの傑作『緋文字』のヘスターの原型にもなっているのである。

　その他にも、上記の作品と同じく二人の女性（義理の姉妹）を描いた作品に「死者の妻たち」（"Wives of the Dead," 1832）いうのがある。これはホー

ソーンが 28 歳の時の作品である。

湾植民地にメアリーとマーガレットという二人の女性が同じ屋根の下に暮らしている。メアリーの夫は水夫であり、マーガレットの夫は兵士である。二人の男性は兄弟であるから、メアリーとマーガレットは義理の姉妹ということになる。彼女達は平穏な生活をしていたが、ある日、メアリーの夫は大西洋で船が遭難し死亡した、またマーガレットの夫はフレンチ・インディアン戦争で死亡した、という知らせが相次いで義理の姉妹のところにもたらされる。二人の家には近所の人々の弔問が絶えない。

やがてそれも終わり、メアリーは悲嘆に暮れて寝入ってしまう。マーガレットが寝つかれず悶々としていると、新しい知らせがもたらされ、フレンチ・インディアン戦争で夫が死亡したのは誤報であり、夫はまもなく捕虜を連れて帰還するということであった。この知らせに喜んだマーガレットはそれをメアリーに知らせようとするが、自分だけの幸せを相手に言う勇気がない。それで引き返しマーガレットは寝入ってしまう。

真夜中頃、メアリーが目をさますと、昔の恋人であった男性から新しい知らせがもたらされ、夫が遭難して死亡したのは誤報であり、夫はまもなく別の船で湾植民地に帰るというものであった。この知らせに大喜びしたメアリーは、それをマーガレットに言おうとするが、自分だけの吉報を相手に言っていいかどうか迷ってしまう。

この物語の冒頭で、作者は「殆ど語るに値しない、単純な家庭の出来事」(simple and domestic incidents of which may be deemed scarcely worth relating, CE 11：192) と言っているが、よく読んでみると、これは読む者をはたと考えさせる物語である。それは、この物語の最後の部分を読めば分かる。

「メアリーは部屋を出る前に、ランプを下におき、熱に浮かされて寝ているマーガレットが寒くないように、毛布を整えてやった。しかし彼女の手は震えてマーガレットの首にあたった。一滴の涙も彼女の頬に落ちた。そして、<u>彼女</u>は突然、目が覚めた。」(Before retiring, she set down the lamp and endeavored to arrange the bed-clothes, so that the chill air might not do harm to the feverish slumberer. But her hand trembled against Margaret's neck, a tear also fell upon her cheek, and she suddenly awoke. *CE* 11：199)

ところで、この最後の「彼女」とは誰のことであろうか。「涙が落ちた相手」であるとすれば、当然マーガレットとなる。しかし、これでは物語の終わり方がいかにも不自然である。私はこの「彼女」はメアリーだと解釈したい。すると、この物語は始めから、メアリーの夢であったと解釈できる（リーランド・シューバートは、このことを早くに指摘している——Leland Shubert, *Hawthorne, the Artist* 1944：112)。二人の夫が死んだのは事実である。心の優しいメアリーは、「こうあって欲しい」という夢を見たのである。目が覚めた瞬間から、メアリーとマーガレットは、夫に死なれた女性の孤独な生活に耐えなければならない。現実は厳しいのである。このように読むと、この物語は作者の言うように、「語るに値しない物語」であるどころか、植民地での苛酷な生活の中で強く生きなければならない当時の女性の前途多難な運命が彷彿と浮かんでくるのである。

ホーソーンの女性像の多様性の例として、さらに「シルフ・エサレッジ」("Sylph Etherege")を挙げておきたい。これはホーソーンが34歳の時に雑誌「トウクン」に発表したものである。

シルヴィア・エサレッジは孤児であった。彼女は小さい時に貴族である叔父に引き取られ育てられた。成人すると彼女は、エドガー・ヴォーンという男性と結婚することになっていた。この許婚は今はヨーロッパに滞在しており、勉学を続けていた。やがて、彼女の育ての親である叔父が死ぬと、今度はシルヴィア・エサレッジは、やはり貴族のグロウヴナー夫人の家で暮らすことになった。彼女が後見人となったのである。

シルヴィアは内気で引っ込み思案の女性であり、世間と交わることをせず、自分の空想の中に生きる女性であった。そして彼女の空想、あるいは白昼夢の中で最も大きな比重を占めていたのは許婚のヴォーンのことで

あった。彼女はいつも彼のことを思い、彼を慕いながら暮らした。

しかし、実はこのヴォーンは既にアメリカに帰ってきており、エドワード・ハミルトンという偽名でグロウヴナー夫人の家に出入りして、シルヴィアにもしばしば会っている。シルヴィアが「ヴォーン」に夢中なのを知ってエドワード・ハミルトンは、わざとヨーロッパから熱烈な手紙や、極めて美男に撮影してある「ヴォーン」のミニチュア写真を彼女のもとに送る。そして彼は手紙の中で、彼女のことを「シルフ」(妖精)と戯れに呼ぶ。こうして、シルフ・エサレッジの「ヴォーン熱」はますます高まり、彼女の生き甲斐は空想の中でヴォーンと過ごす時間であった。しかし、彼女は、自分のすぐ身近にいるエドワード・ハミルトンという男性にはどうしても好感が持てない。彼は洗練され、知的ではあるが、どことなく陰気で、冷たく、思いやりに欠けるところがあり、彼女は彼を好きになれないのである。

ついに、ヴォーンがヨーロッパから戻り、シルフと会う時がきた。シルフに会いにグロウヴナー夫人の屋敷にやってきたのは、彼女が嫌っていたエドワード・ハミルトンであった。しかし、彼は「ヴォーン」しか知らないはずの自分の呼び名「シルフ」で自分を呼ぶではないか。ここで初めて、彼女はハミルトンという男性が自分がいつも思慕していたヴォーンその人であることを知るのである。やがて、ヴォーンがヨーロッパから帰ってきたことが社交界に知れ、彼とシルフの結婚がヴォーン側から一方的に公にされる。しかし、それに対するシルフの反応は「否」であった。彼女はそれ以後、急速に体力も、気力も衰え、昔のヴォーンの思い出を胸に抱いたまま、天国に旅立とうとしていた。

これもまた非常に印象的な作品である。ホーソーンはしばしば、「冷たい傍観者」(cold observer)となって人間の心の中を「覗き見」しようとする男の物語を書いたが、これもその一つである。

シルヴィアの許婚であるヴォーンという青年は、ハミルトンという偽名でアメリカに舞い戻り、自分を慕う乙女の一途な心を弄んだのである。孤

児であり、叔父に育てられ、その次は貴族の夫人に預けられ、誰ひとり親しく心を打ち明け、相談できる友人もなく、ただ将来自分を庇護してくれるであろう男性のミニチュア写真を抱いて、ひっそりと空想の中に生きるこのシルヴィアという女性の生涯は哀れである。そして、実際のヴォーンはと言えば、彼女が思い描いていた男性とは全く違った軽薄な男性であった。

　この作品は当時のヴィクトリア朝時代の女性の典型的な姿を極めてよく表現している。労働者階級の女性はいざ知らず、「良家」の女性はいわゆる「深窓」に育てられ、働くことは許されず、家に留まり、絵を描いたり、詩を書いたり、音楽を嗜んだりして、時を過ごした。考える事といえば、将来自分が結婚するであろう男性のことばかりであった。外出時には「付き添い」(chaperon) がいて、自由に男性と付き合えるわけではなかった。書物を読んで、空想に耽ることが唯一の気休めであったであろう。これでは当時の多くの女性がノイローゼとなり、常に頭痛や偏頭痛を訴えていたのも無理はないのである。そして身体は、この物語中のシルヴィアのように痩せ衰えていた。

　しかし、周囲の男性たちはそれを「か弱い女性」の典型として褒め讃えたのである。この「シルフ・エサレッジ」にはそのような当時の女性のあり方が集約的に表現されている。この物語の最後のあたりで、悪党のハミルトンは次のように言っている。

　　「こんなことは珍しい話ではない。多くの優しい乙女たちが、この哀れなシルフ・エサレッジと同じ運命をたどったのだ。」(It is not a new tale. Many a sweet maid has shared the lot of poor Sylph Etherege! *CE* 11：118)

　まさにその通りなのである。

　ホーソーンの描く女性像は、実に多種多様である。小さい女の子、老女、孤児の女性、身分の高い女性、低い女性——ホーソーンはありとあらゆる種類の女性に関心をよせ、それらを彼の作品に表現した。ホーソーンの作

品はそのどれを取り上げてみても、女性が登場しない作品がない。そして、それらの女性は作品において、単なる劇の中の「端役」としてそこに存在するのではなく、重要な役割を担って登場しているのである。

　例えば、ホーソーンは「村のおじさん」("Village Uncle" 1835) という作品を書いている。私達読者は、そのタイトルからこれがある老人男性の話だろうと思う。しかし、実際に読んでみると、その話の中にスーザンという女性が現れ、この女性（彼の妻）が彼の人生にいかに大きな役割を果しているかが語られるのである。また彼の短編の中に、「イーサン・ブランド」("Ethan Brand," 1850) という作品がある、これは、イーサンという一人の男性が「許されざる罪」(Unpardonable Sin, CE 11：87) を探して、諸国を遍歴している間に、ある女性に対して罪を犯し、自分の「心」の中にこそ「罪」の根源があることを知る物語である。ここにおいても女性が核心的な役割を演じているのである。

　ホーソーンのこうした女性への広く深い関心において、彼が見てとったものは、女性であるが故の深い悩みや悲しみであった。男性の不用意に言ったこと、行ったことが女性に対してどのような意味をもち、影響や被害を及ぼすものかをホーソーンは冷徹な目で観察した。どんなに世間的には幸福に、満ち足りたように見えても、その背後には無限の悩みや悲しみがあった。ホーソーンの女性像の意義はそこにあるのである。次の章でそれを検討して、ホーソーンの作品における女性像の研究の結びにしたい。

第15章　ホーソーンの女性像の意義

　ホーソーンの女性像の特徴や意義を知るには、同時代の作家の作品における女性像を探り、ホーソーンのそれと比べてみると、より一層明確になると思われる。まず、最初にに取り上げたいのがワシントン・アーヴィング（Washington Irving, 1783-1859）である。彼の代表作は『スケッチ・ブック』（*The Sketch Book of Geoffrey Crayton, Gent.* 1820）であるが、この中に「妻」（"The Wife"）と題する短編がある。この作品の冒頭で作者は次のように述べている。

　　「人生の恵まれた道を歩いている間は、弱々しく、男に頼り、とるにたらない出来事にも感じやすい、柔和で優しい女性が、たちまち精神の力で立ちあがり、不運に打ちひしがれた彼女の夫の慰安者となって支え、断固たる態度で逆境の最も激しい嵐に堪えるのを見ることほど、人の胸を打つものはない」(Nothing can be more touching than to behold a soft and tender female, who had been all weaknesss and dependence and alive to every trivial roughness while treading the prosperous paths of life, suddenly rising in mental force to be the comforter and support her husband under misfortune, and abiding with unshrinking firmness the bitterest blasts of adversity. Washington Irving, *The Sketchbook* reprint in 1981：29)

そしてこの次に物語には、それを例証する女性の話が出てくる。

　「私」の友人であるレスリーは有り余る程のお金に恵まれた男であり、ある美人の女性と結婚し、彼女に何不自由ない暮らしをさせていた。この女

性は家庭内にあって、内助の功を十分に発揮して、互いに似合いの夫婦となった。ところがレスリーは投機に失敗して、財産を全て失う羽目になった。しかし、彼は家庭内で楽しく、また甲斐甲斐しく彼の世話をしている妻を見るにつけ、そのことが言いだせないのである。

彼の友人である「私」はレスリーに、一日も早く奥さんに真実を話して、二人でこの問題を解決するようにすすめる。そしてレスリーは実際その通りにするのである。すると妻は一向に動じる様子がなく、まさに「天使」のように彼の話を聞いて、夫が苦しい羽目に陥っていることは最近の夫の様子から察していたと述べ、夫が打ち明けてくれたことを感謝するのである。そして二人は田舎に小さな家を購入して、そこに移り住むことになる。ある日「私」がその家にレスリーと彼の妻を訪ねた時、彼女が現れて彼に言うのである。

「来て下さって有難うございました。小屋の裏手の美しい木の下に、テーブルを出しておきました。とてもおいしい野生のイチゴを摘んでおきました。貴方は、それが好きでしたからね。とても素晴らしいクリームも用意しております。ここはとても気持ちよく、静かな場所です。夫と私はとても幸せです」(I am so glad you are come! ... I've set out a table under a beautiful tree behind the cottage, and I've been gathering some of the most delicious strawberries, for I know you are fond of them——and we have such excellent cream——and everything is so sweet and still here ... Oh, we shall be so happy!　Washington Irving, *The Sketchbook*, reprint in 1981：36)

以上は、『スケッチ・ブック』の中の「妻」と題する作品の概略である。非常に感動的な話ではあるが、これは婦女子の鑑として花嫁修業の学校教材に向いていると思われる。つまり、この作品は生き身の、苦悩や葛藤に満ちた人間の「妻」を描いた作品ではない。これは作者の冒頭の命題——「最初はか弱く見える女性でも、意外に内側に強いものを秘めていて、強く生きることができる」——を例証するために、「妻」が利用されている。上記の作品の中において、妻が会話をするのは概略の中で最後に引用した箇

所のみである。

　つまり、この作品の中の「妻」は「妻」ではなく、女性の一面を表す「タイプ」（表象）にすぎない。そこには、人間の苦悩とか、葛藤とか、妻ならではの悩みは全く現れて来ない。普通の妻であるなら、暮らしがこのように急変することになれば、気が動転し、ショックを受け、憤慨もするであろう。そして紆余曲折を経て、最後は上記の物語中の女性のような境地に至るにしても、それなりに内なる苦悩があるはずである。その苦悩を描くことが、血の通った人間としての「妻」を描くことになるのである。

　さらに例を挙げると、『スケッチ・ブック』の中に、「傷心」（"The Broken Heart"）と題する作品がある。これも作品の冒頭に次のような説明がある。
　　「男性は利益と野心との動物である。恋愛は彼の青春時代の飾りであるか、あるいは演劇の幕間にかなでる歌に過ぎない。……しかし、女性の全生涯は愛の歴史である。心は彼女の世界であり、心の中に彼女の野心が王国を築かんことを願い、心の中に彼女の欲心が隠れた宝を探し求める。彼女は男の冒険に対して、彼女の同情を注ぎ、愛情のやりとりに彼女の全霊をかける。そして難破すれば、彼女は絶望である。というのは、それは心の破産だからである。」(Man is the creature of interest and ambition…… Love is but the embellishment of his early life, or a song piped in the intervals of the acts. ……. But a woman's whole life is a history of the affections. The heart is her world ; it is there her ambition strives for empire ; it is there her avarice seeks for hidden treasures. She sends forth her sympathies on adventure ; she embarks her whole soul in the traffic of affection ; and if shipwrecked, her case is hopeless——for it is a bankruptcy of the heart. Washington Irving, *The Sketchbook*, reprint in 1981：72-73)
　そして、この次に述べられる物語は、この話を例証する女性の物語である。

アイルランドにおいて、ある弁護士の娘がある男性と恋をした。このハンサムな青年は愛国の精神に富んでいた。この娘の恋は、父親がそれに反対だったこともあって、激しい恋となった。この男性はアイルランド独立運動に身を投じ、ついに敵方に捕らえられ処刑されてしまった。それでもこの娘は、この男性を諦めることができず、彼を慕う気持ちが益々強くなる。ついに彼女は父親の不興を買って、家から追い出されてしまう。
　しかし、アイルランド特有のもてなしの精神で彼女は周囲の者から世話をされ、可愛がられながら生きていく。それにもかかわらず、彼女の心を占めているのはアイルランド独立のために戦って死んだかっての恋人である。そのうち、縁あって彼女はある将校と結婚する。この男性は優しい人物であり、彼女の昔の恋の痛手を忘れさせようと、彼女を旅行につれていくなど、種々の努力をするのであるが、その優しさ故に彼女はますます悩み、ついに死んでいくのである。

　ここにおいても、先の「妻」同様、アーヴィングは女性の持つある「属性」を描いているに過ぎない。その「属性」とは、「女性には恋が最重要であり、それが彼女の全人生である」ということである。この女性の「属性」たるものが、非常にヴィクトリア朝的であり、紋切り型であることは説明するまでもない。
　もしこのような恋に殉ずる女性を描くのであれば、彼女はその男性のどこに惹かれ、何故そのように彼を愛さずにはおれないのか、どんな思い出が彼を忘れ難くしているのか、そのようなことが当然語られるべきであろう。そのような経緯を全く省いて、恋に殉じた女性のことを述べると、それは女性のことを述べたのではなく、女性を一つの「タイプ」（表象）に抽象化して、その「タイプ」について観念的に述べたことになる。ここにも、血の通った人間としての女性は描かれていないのである。

　アーヴィングのこのような女性の描写は、彼の傑作である「リップ・ヴァン・ウィンクル」（"Rip Van Winkle," 1820）にもよく表れている。リップ・

ヴァン・ウィンクルはいつも女房の尻にしかれ、うだつの上がらぬ男であるが、人の面倒見がよいので村の誰からも好かれている。

ある日彼が犬をつれてカーツキル山脈の奥深く分け入ったところ、オランダ風の古めかしい衣装を着た奇妙な男たちの集団が遊んでいるのを見つける。彼が仲間に入って遊び、酒を飲んでいるうちに彼は、寝入ってしまった。目覚めた時には、周囲には誰もおらず、女房の小言を気にしながら彼は一人で村に帰る。ところが村には彼の知った者は誰一人いないので、途方に暮れてしまう。やがて彼は、自分が20年前に家を出たきり村に帰って来なかったことを知る。山で彼が一寝入りしている間に、20年の歳月が経っていたのである。

この話は、さしずめ日本の「浦島太郎」のニューヨーク版であろう。この話の中でも、彼の妻は、亭主を尻に敷いて、いつもガミガミ小言をいう口やかましい女として「言及」されているにすぎない。この女性が物語に出て来て、リップ・ヴァン・ウィンクルを激しく罵倒するとか、夫婦喧嘩をするわけではないのである。彼女は一つの「タイプ」（表象）として、そこに存在しているだけである。

さて、ワシントン・アーヴィングにかなり言及したが、それは、アメリカにおける女性の描き方に関して、彼が後の作家たちへの一つの先例を示したと思われるからである。「女性というものは、このようなものだ」「女性というものは、このように描けばよい」と、アーヴィングは後の作家たちに範を垂れ、思い込ませたのである。

このアーヴィングは、当時のアメリカにおいて超人気作家であり、その名声はイギリス・ヨーロッパにまで鳴り響いていた。彼はアメリカ文壇の大御所的存在であったのである。時代的には、このアーヴィングの後を継ぐのが、ホーソーンやメルヴィルやポーであるのだが、ホーソーンは別として、メルヴィルやポーの描く女性像は極めてアーヴィングのそれに似ている。これがすべてアーヴィングの影響であるというわけではないかもしれないが、少なくとも、アーヴィングのような女性の描き方は当時の一般

的なやり方であったと思われる。

　先述したメルヴィルの『ピエール』の中のルーシーやイザベルにしても、結局、何かの女性の「タイプ」（表象）として描かれている。前者が純真・無垢なら、後者は神秘や謎であろう。両者合わせて「性欲の象徴」とも考えられる。また、メルヴィルには『マーディ』（*Mardi*, 1849）と題するアレゴリー作品がある。この物語に登場する金髪の乙女イラーも、黒髪の悪女ホーティアもまったく、女性に関する一つの観念としてそこに存在するだけでである。生き身の女性、激しい苦悩や葛藤を心にもった女性はメルヴィルの眼中にはないようである。

　それに代わってメルヴィルの中にあるのは、男の男に対する関係への興味である。例えば、『白鯨』（*Mody-Dick*, 1851）の中では、イシュメイルとクイーケッグの関係がある。彼らはニューベドフォードの旅籠で、ベッドを共にして奇妙な一夜を明かす。また、メルヴィルの死後出版された『ビリー・バッド』（*Billy Budd, Sailor*, 1924）においては、艦内の警察権を握っている先任衛兵伍長であるクラガートと、「花の水兵」（Handsome Sailor）と呼ばれたビリーの関係がある。

　ポーに至っては、「タイプ」（表象）としての女性像はメルヴィルの場合よりも一層際立ってくる。ポーは美しい女性を描きだそうとするが、彼にとって美しい女性とは、病気にやつれ、色が異常に白くなり、死の床に横たわっている女性であった。これも女性の一つの「タイプ」に過ぎない。ポーは女性の持つそのような不気味な雰囲気を、好んで彼の詩や小説に取り入れた。

　『アッシャー家の崩壊』（*The Fall of the House of Usher*, 1839）の中に登場するマデーリーンはまさにそのような女性であった。彼女は病気ではあったが、死んではいなかった。だから彼女は棺の中から死力を尽くして這い出て、兄のロデリックと、その館を訪問していた「私」を震撼させる。ポーはそのような怪談的雰囲気作りの名手であった。

　しかし、ホーソーンは趣を異にする。彼はこのような「タイプ」として

の女性像、観念的な女性像に満足できなかった。ホーソーンが生きていた当時の「大作家」というと、海の向こうではスコット、海のこちら側ではアーヴィングであった。ホーソーンはスコットの小説が好きで、それを読み漁ったが、その平板な女性像、変化のない女性像にはどうしても満足できなかった。そこに展開された女性像は、優しく、美しく、淑やかで、貞淑で、騎士の恋愛の対象となるような乙女であった。これは女性の一つの属性を描いているに過ぎない。「これは真実を描いてはいない」という思いが、ホーソーンの文学のそもそもの出発点であった。「ピー氏からの通信」("P's Correspondence," 1845) という作品の中でホーソーンは次のように書いている。

　「たとえスコットが今日まだ作家であり、以前と同じ素晴らしい作家であったとしても、彼はもはや文学において以前と同じ地位を維持することはできないであろう。現在、世間の人々はスコットが供給できたよりも、もっと真剣な目的、深いモラル、より身近かな、親しみのある真実を求めている。」(Were he still a writer, and as brilliant a one as ever, he could no longer maintain anything like the same position in literature. The world, now-a-days, requires a more earnest purpose, a deeper moral, and a closer and homelier truth, than he was qualified to supply it with, CE 10：369)

この一文の中には、ホーソーンのスコットへの不満と、それとは異なる「新しい文学」への有り方に関するホーソーンの考えがよく表現されている。

ホーソーンの最も初期の作品のひとつに、「三つの丘の盆地」("The Hollow of the Three Hills," 1830) という作品がある。これはホーソーンが26歳の時の作品である。

10月のある夕方、魔女とおぼしき老女と、うら若い一人の女性が三つの丘によって囲まれた盆地で出会う。そこは周囲がうっそうとした木立に囲まれ、黒々とした不気味な沼が側にある。二人の女性は沼の側に座ってお

り、若い方の女性は老婆の前にひざまづいている。彼女は出身の町で何やら大きな罪（不義密通と思われる）を犯したらしく、そこから逃げて今ここにいるのである。彼女は老婆に頼んで、魔法の力で故郷の様子を知らせて欲しいと願う。すると老婆は、彼女の全身を黒いマントでくるむ。

　突然、彼女の前に彼女の家庭の光景が現れ、娘の罪とそれに続く失踪を嘆き悲しんでいる彼女の年老いた両親の姿が現れる。これが終わると、老婆は再びこの女性をマントにくるむ。すると今度は、彼女の眼前に、結婚の誓いを忘れ、罪を犯して逃亡した妻のことを罵っている夫の姿が現れる。これが終わると、彼女はもう一つだけお願いがあると老婆に言う。すると老婆はもう一度この女性をマントにくるむ。まもなく故郷の町の様子が彼女の眼前に現れ、彼女が残してきた一人の子供の葬儀の様子が展開される。町の人は皆、家庭や夫を捨て、子供を見殺しにした女性を非難している。この光景が終わり、老婆がマントを持ち上げた時、この若い女性は老婆の膝の上で息絶えていた。

　これは、現代の観点からすると、現実離れした、とりとめのない物語である。しかし、これを先のアーヴィングやメルヴィルやポーのそれと比べてみると、その違いは歴然としている。ここにあるのは、彼らが描いたような「タイプ」（表象）としての女性ではなく、温かい人間の心をもった女性の姿である。

　この女性は故郷の町で大きな罪を犯し、逃亡して来た。彼女の話をきいて、少しでも相談に乗ってくれるのは魔女とおぼしき老婆だけである。彼女は故郷に残した年老いた両親や夫や子供のことが心配である。魔女のマントの下で、それらの光景に接しつつ、心痛のあまりこの若い女性は死んでいくのである。ホーソーンは女性を、その美しさ、貞淑さ、優しさの表象として物語に表現したのでなく、女性を女性として、苦悩する人間として表現したのである。ホーソーンは一人の女性の「心」の有り様に肉薄しようとしているのである。

　さらにこの物語を読んで素晴らしいと思われる点は、このような女性の

「心」に肉薄するに際して、ホーソーンが用いた「方法」である。夕方、奥深い山、若い女性、魔女、魔法のマント――最後の二つは「非現実的」な道具立てである。現実にはどんな女性も夕方不気味な山奥に行くことはないであろう。またどこに魔女がいて、どこに魔法のマントがあるであろうか。これは全て「架空」の話(ホーソーンの言う「ロマンス」)なのである。これが一人の女性の「心」の奥底に肉薄するのに、ホーソーンが用いた「方法」なのである。このようにして「内容」(contents)と「形式」(form)は見事に一致し、素晴らしい文学作品となっている。「女性を一人の人間として見る」――そのような姿勢がホーソーンには最初からあったのである。

「アメリカ文学における女性の肖像、1790-1870」においてニナ・バイム(Nina Baym)が指摘していることだが(ニナ・バイム、『アメリカ文学の中の女性』、小林富久子訳、1993：72)当時アメリカの主要作家たちは、女性を描くことに全く関心がなかった。また、既に述べたように、たとえ描いたとしても、一面的にあるいは断片的にしか女性を描こうとしなかった。主要作家たちの興味は、開拓前線とか、大自然とか、南海の諸島とか、そのようなアメリカの歴史や発展にまつわることに向けられていた。

そのような中にあってホーソーンが初めて「足元」を見たのである。その「足元」とは、身の回りにどこにでもいる「女性」であった。そこに彼は文学にとって無限の宝庫があることを直感し、切り開こうとしたのである。そのような意味で彼はアメリカ文学における「女性」という新しい分野における開拓者であった。

ホーソーンがアメリカの「女性」という文学素材に着目したことに対して、上述のニナ・バイムは次のように言っている。

「ホーソーンは様々な社会的状況におかれた女性の生きた人物づくりに励んだ。……ホーソーンの独自性は、部分的には彼が大衆的成功を真剣に求めたために、他の作家たちが示さなかったような強い関心を大衆の話題や形式に注いだことから説明しうる(上掲書、p. 78)。」

バイムはホーソーンが「女性」に着目したのは、彼が自分の作品を世間

に売り込み、作家として成功したかったからだと述べている。これは一理ある主張である。当時の文学作品の読者層はその大半が女性であったから、ホーソーンが彼女達の関心をひくために、彼の作品に女性を多く登場させたのは十分に考えられることである。しかし、それでも疑問は残る。作家として成功したいのは他の作家も同じではなかったか。「大衆的成功を真剣に求めた」のは、当時の殆どの作家にあてはまることではないのか。特にホーソーンだけがその「願望」が異常に強かったとは考えられない。

　私はホーソーンが文学的素材として特に「女性」に着目したのは、彼の文学的信条と深い関係があると思う。ホーソーンの文学的信条のアルファであり、オメガは「人間の心の真実」（truth of human heart）ということであった。彼は、彼の作品において、現実をそのまま提示するのではなく、それに手を加えて、自由裁量を行い、いわば奇想天外な状況を設定することを好んだ。彼はそのような状況において、「人間の心の真実」が一番よく表現されると考えたからである。これが彼の主張する「ノヴェル」に対する「ロマンス」の概念であった。「ロマンス」と「人間の心の真実」。この両者を一緒にして、彼は自分の作品を「サイコロジカル・ロマンス」（psychological romance, *CE* 11：4）と呼んでいる。そのようにして、彼は人間の「心の真実」に肉薄したいと思った。

　そして、周囲を見回した時、彼は女性の心の中にこそ、非常に多くの悩みや悲しみを見たのだと思う。家の中に閉じ込められた状態の女性、将来への選択の殆どない女性、つねに頭痛をかかえ病気がちの女性、伴侶を見つけられない女性、離婚の不名誉をもつ女性など、このような女性の「心」の中に、「人間の心の真実」が隠されているのをホーソーンは見た。だからこそ、ホーソーンは彼の創作活動のまず第一に、先に言及した「三つの丘の盆地」のような女性を主人公にした作品を書いたのである。

　上記のことは、ホーソーンがフェミニストであったということを意味するのではない。彼は決してフェミニストではなかった（Neal F. Doubleday, "Hawthorne's Hester and Feminism" in *Critical Assessments*, 1991, Vol. 4：191 を参照）。これまで述べてきたように、どちらかと言えば彼はその反対

であった。そのような状況でありながらも、彼は彼の作品の中に「生き身の人間」としての女性を描き続けた。そして、男性のする様々な行動が、どのような結果を女性にもたらすかを冷徹な目で観察した。これは同時代のどの作家もなしえなかったことである。

　「ラパチーニの娘」におけるジョバンニ青年の軽はずみな言動、「あざ」におけるエイルマーの理想追求の行為、「シルフ・エサレッジ」におけるハミルトンの奇妙な行動、それらがどのような結果を女性達にもたらしたか。『緋文字』において、牧師の行動がどのような影響をヘスターに与えたか。『ブライズデイル・ロマンス』において、ホリングスワースの自己中心的行為がゼノビアの運命をどのように破滅させてしまったか。また、『大理石の牧羊神』において、ドナテロの殺人という行為がミリアムやヒルダに（あるいはドナテロ自身に）どのような影響を及ぼしたか。これらは全て男性の自己中心主義が女性に対して引き起こした悲劇なのである。そのような女性の「悲劇」をホーソーンは、「三つの丘の盆地」から始まって、最後の『大理石の牧羊神』に至るまで書き続けたのである。

　アメリカ文学において多くの優れた文人を輩出した19世紀中葉のこの時代は「アメリカン・ルネッサンス」（American Renaissance）と呼ばれる。しかし、この時代の文学は文字通り「女性不在の文学」（literature without women）なのである。アメリカには長い間、この「女性不在の文学」の時代が続く。これは決して女性を主人公とした作品がないという意味ではない。大衆文学のレベルでは実に多くの女性をヒロインとした作品が書かれた。しかし問題は、そのいずれも世界に互するレベルに達していないということである。かの有名なマーク・トウェーンでさえ、女性キャラクターの創造に関しては、何ら見るべきものを残していない。

　世界レベルの文学に関して言えば、このようなアメリカ文学における「女性不在」の中において、ただホーソーンだけが『緋文字』のヘスターの創造において際立っている。ヘスターだけが19世紀中葉のアメリカ文学における忘れがたいヒロインとして燦然と輝いているのである。その当時

イギリスにおいては、シャーロット・ブロンテ（Charlotte Brontë, 1816-55）が『ジェイン・エア』（*Jane Eyre*, 1847）を書いている。また、フランスにおいてはフローベール（Gustave Flaubert, 1821-80）が『ボヴァリー夫人』（*Madame Bovary*, 1856）を書いている。これらのヒロインに比べて遜色ないのは、アメリカにおいてはホーソーンのヘスターだけである。

　そして、ホーソーンにおいて強調しておきたいことは、ヘスターという女性像が突然そこに現れたものではないということである。それは、ホーソーンが「人間の心の真実」を追求して、新たな眼で人間としての女性に注目し、その喜怒哀楽を見つめ、男性以上に苦悩を背負って生きている女性の真実の姿を描こうと、若い頃から挑戦してきた結果なのである。また、特筆すべきは、それは同時に、彼自身の女性観の変化をももたらしたということである。彼の最後の作品である『大理石の牧羊神』の中で、ホーソーンは彼自身の意見として次のように述べている。

　　「女性をより広い仕事や職業へ入れようとする時はいつでも、私達は、若い女性や妻達に対して、耐え難い束縛になると思われる、現在の伝統的習慣という足枷もまた除去しなくてはならない。」（whenever we admit women to a wider scope of pursuits and professions, we must also remove the shackles of our present conventional rules, which would then become an insufferable restraint on either maid or wife. *CE* 4：55）

　アメリカ文学において、ホーソーンこそ人類の半分を占める「女性」に着目し、その喜怒哀楽にこそ文学の素晴らしい素材があることに始めて気づいた希有な文人の一人であった。

Bibliography

Baym, Nina. *Woman's Fiction : A Guide to Novels by and about Women in 1820-1870*. Urbana : University of Illinois Press, 1993.
Bell, Michael, D. *Hawthorne and the Historical Romance of New England*. New Jersey : Princeton University Press, 1971.
Boller, Paul F. Jr. *American Transcendentalism, 1830-1860 : An Intellectual Inquiry*. New York : G.P. Putnam's Sons, 1974.
Budick, Emily M. *Engendering Romance : Women Writers and the Hawthorne Tradition*, 1850-1990. New Haven : Yale University Press, 1994.
Colacurcio, Michael J. *The Province of Piety : Moral History in Hawthorne's Early Tales*. Durham : Duke University Press, 1995.
Crews, Frederick C. *The Sins of the Fathers : Hawthorne's Psychological Themes*. New York : Oxford University Press, 1966.
Dahl, Roald. "Edward the Conqueror" in Roald Dahl, *Completely Unexpected Tales*. London : Penguin Books, 1986, 265-286.
Dichmann, Mary E. "Hawthorne's 'Prophetic Picturers'." *American Literature* Vol. 23 (May, 1951), 186-202.
Donohue, Agnes, ed. *A Casebook on the Hawthorne Question*. New York : Thomas Y. Crowell Company, 1966.
―――. *Hawthorne : Calvin's Stepchild*. Kent : Kent State University Press, 1985.
Doubleday, Neal F. *Hawthorne's Short Stories : A Critical Study*. North Carolina : Duke University Press, 1972.
―――. "Hawthorne's Hester and Feminism," in Brian Harding, ed. *Nathaniel Hawthorne : Critical Assessments*, Vol. 4, 187-191. East Sussex : Helm Information, 1991.
―――. "Hawthorne and Literary Nationalism," *American Literature* No. 12 (1941), 447-53.
Emerson, Ralph W. "Man the Reformer," *The Dial* (April, 1841), reprint in *The Dial*, Vol. 1, 523-538. Tokyo : Hon-no-tomo-sha, 1999.
Fetterley, Judith. "Women Beware Science : 'The Birth-mark'." Reprinted in Brian Harding, ed. *Hawthorne : Critical Assessments*, Vol. 4, 192-200. East Sussex : Helm Information, 1991.
Fuller, Margaret. "The Great Lawsuit : Man vs. Man, Woman vs. Woman."

The Dial (July, 1843), reprint in *The Dial*, Vol. 4, 1-47. Tokyo : Hon-no-tomo-sha, 1999.
―――. *Women in the Nineteenth Century*. New York : W.W. Norton, reprint in 1971.
Gale, Robert L. *Plots and Characters in the Fiction and Sketches of Nathaniel Hawthorne*. Cambridge : The MIT Press, 1968.
Gollin, Rita K. and John L. Idol, Jr. *Prophetic Pictures : Nathaniel Hawthorne's Knowledge and Uses of the Visual Arts*. New York : Greenwood Press, 1991.
Harding, Brian, ed. *Nathaniel Hawthorne : Critical Assessments*. Vol. 1-Vol. 4. East Sussex : Helm Information, 1991.
Hawthorne, Julian. *Nathaniel Hawthorne and His Wife* in 2 Vols. Boston : James R. Osgood and Co., 1885.
Hawthorne, Nathaniel. *The Centenary Edition of the Works of Nathaniel Hawthorne*, ed. William Charvat, et al. in 23 Vols. Ohio : Ohio University Press, 1962.
―――. *Hawthorne's Lost Notebook : 1835-1841*. Pennsylvania : The Pennsylvania State University Press, 1978.
―――. *The House of the Seven Gables : An Authoritative Text, Backgrounds and Sources, Essays in Criticism*, ed. Seymour L. Gross. New York : W. W. Norton and Company, 1967.
―――. *Love Letters of Nathaniel Hawthorne, 1839-1863*. Two volumes in one. Chicago : The Society of the Dofobs, 1907.
―――. *Letters of Hawthorne to William D. Tcknor, 1851-1864*. New Jersey : The Carteret Book Club, 1910.
―――. *The Works of Nathaniel Hawthorne* in 12 vols, ed. George P. Lathrop. Boston : Houghton, Mifflin and Co., 1883.
Herbert, Walter T. *Dearest Beloved : The Hawthorne and the Making of the Middle-Class Family*. Berkeley : University of California Press, 1993.
Hull, Raymona E. *Nathaniel Hawthorne : The English Experience, 1853-1864*. Pittsburgh : University of Pittsburgh Press, 1980.
Idol, John L. Jr. and Melinda, M. Ponder, ed. *Hawthorne and Women : Engendering and Expanding the Hawthorne Tradition*. Amherst : University of Massachusetts Press, 1999.
Irving, Washington. *The Sketchbook of Geoffrey Craytom, Gent*. New York : Signet Classics, reprint in 1981.
James, Henry. *Hawthorne*. Ithaca : Great Seal Books, 1963, originally publi-

shed in England in 1879.

Male, Roy R. *Hawthorne's Tragic Vision.* New York : W. W. Norton and Company, 1957.

Marks, Alfred, H. "Who killed Judge Pyncheon? The Role of the Imagination in *The House of the Seven Gables*." *PMLA* Vol. LXXI (June, 1956), 355 -369.

Martin, Terence. *Nathaniel Hawthorne.* New Haven : College and University Press, 1965.

Melville, Herman. *Pierre, or the Ambiguities.* New York : Grove Press, 1957, originally published in 1851.

Matthiessen, F.O. *American Renaissance : Art and Expression in the Age of Emerson and Whitman.* New York : Oxford University Press, 1941.

Miller, Edwin H. *Melville.* New York : George Braziller Inc., 1975.

Pfister, Joel. *The Production of Personal Life : Class, Gender, and the Psychological in Hawthorne's Fiction.* Stanford : Stanford University Press, 1991.

Poe, Edgar Allan. "*Twice-Told Tales* : A Review." Reprinted in Brian Harding, ed. *Nathaniel Hawthorne : Critical Assessments,* Vol. 1, 115-120. East Sussex : Helm Information, 1991.

———. "Tale-Writing—Nathaniel Hawthorne." Reprinted in Brian Harding ed. *Nathaniel Hawthorne : Critical Assessments*, Vol. 1, 196-204. East Sussex : Helm Information, 1991.

Rosa, Alfred. *Salem, Transcendentalism, and Hawthorne.* New Jersey : Associated University Presses, 1980.

Schubert, Leland. *Hawthorne, the Artist : Fine-Art Devices in Fiction.* New York : Russell and Russell, 1944.

Smith, Page. *Daughters of the Promised Land : Women in American History.* Boston : Little, Brown and Company, 1970.

Stein, William B. *Hawthorne's Faust : A Study of the Devil's Archetype.* Hamden : Archon Books, 1968.

Stewart, Randall. *Nathaniel Hawthorne : A Biography.* New Haven : Yale University Press, 1948.

Stern, Milton R. *Contexts for Hawthorne : The Marble Faun and the Politics of Openness and Closure in American Literature.* Urbana : University of Illinois Press, 1991.

Stoehr, Taylor. *Hawthorne's Mad Scientists : Pseudoscience and Social Science in Nineteenth Century Life and Letters.* Hamden : Arcon Books,

1978.

Tanner, Tony. "Introduction" to *The Blithedale Romance* (Oxford : Oxford World's Classics, 1991). Reprinted in Brian Harding ed. *Nathaniel Hawthorne : Critical Assessments*, Vol. 3, 457-482. East Sussex : Helm Information, 1991.

Turner, Arlin. *Nathaniel Hawthorne : A Biography*. New York : Oxford University Press, 1980.

Waggonner, Hyatt H. "Introduction" to Hyatt H. Waggoner, ed. *Selected Tales and Sketches of Nathaniel Hawthorne*, v-xxiv. New York : Holt, Rinehart and Winston, 1967.

Walters, Ronald G. *American Reformers : 1815-1860*. New York : Hill and Wang, 1980.

W. N. "Women." *The Dial* (January, 1843), reprint in *The Dial*, Vol. 1, 362-366. Tokyo : Hon-no-tomo-sha, 1999.

邦文参考文献

井坂　義雄他（訳）ホーソーン作『トワイス　トールド　テールズ』（上巻）桐原書店，1981年．
市川　真澄「科学は人類を幸福にするか――ホーソーンの『あざ』に科学と心を読みとる」『中・四国アメリカ学会創立25周年記念論文集』（中・四国アメリカ学会編），1999，139-148．
岩元・森田編　『アメリカ文学のヒロイン』リーベル出版，1984年．
インモース，トマス　「聖母マリア――その主題と変奏――」『西洋文学の諸相』（志賀徹他3名編，東京大学出版，1974年）に所蔵，三浦・伊藤（訳），pp. 95-124．
エヴァンス，サラ『アメリカの女性の歴史――自由のために生まれてきて』小桧山・竹俣・矢口（訳），明石書店，1997年．
岡田　量一　『ホーソーンの短編小説――文学・愛・実存』北星堂書店，1996年．
オールティック，リチャード『ヴィクトリア朝の人と思想』要田・大嶋・田中（訳），音羽書房鶴見書店，1998年．
クーンツ，ステファニー『家族という神話――アメリカン・ファミリーの夢と現実』岡村ひとみ（訳），筑摩書房，1998年．
神徳　昭甫『炎と円環――ホーソーン文学の両義性』ニューカレント　インターナショナル社，1992年．
国重　純二（訳）『ナサニエル・ホーソーン短編集』第1巻，第2巻，南雲堂，1994年（1巻），1999年（2巻）．
小山敏三郎『ホーソーンの世界』萩書房，1968年．
ジェイムズ，ヘンリー『ホーソーン研究』小山敏三郎（訳），南雲堂，1968年．
スプリンガー，M.（編）『アメリカ文学の中の女性――フェミニスト的視点によるもう一つの米文学史』小林富久子（訳），成文堂，1993年．
鈴江　璋子『アメリカ女性文学論』研究社出版，1995年．
鈴木　重吉（訳）ホーソーン作『緋文字』，新潮文庫，1976年．
鈴木　武雄（訳）ホーソーン作『呪いの館』，角川書店，1971年．
早瀬　博範（編著）『アメリカ文学と絵画――文学におけるピクトリアリズム』渓水社，2000年．
バイム，ニナ「アメリカ文学における女性の肖像，1790-1870」これはスプリンガー編『アメリカ文学の中の女性――フェミニスト的視点によるもう一つの米文学史』に所蔵，pp. 51-81．
別府　恵子（編）『アメリカ文学における女性像――作った顔と作られた顔』弓

書房，1989 年．
元田　脩一『アメリカ短編小説の研究——ニュー・ゴシックの系譜』，南雲堂，1972 年．
山本　雅『アメリカ社会の批評家としてのホーソーン——アメリカ社会とロマンス』溪水社，1996 年．
————（訳）ホーソーン作『ブライズデイル　ロマンス』朝日出版，1988 年．
————「『ブライズデイル　ロマンス』はロマンスか——ナサニエル・ホーソーンの作品における創作技法の研究」「広島国際研究」(広島市立大学紀要) 第 1 巻，1995 年，201-222．

索　引

[あ行]

アーヴィング（Washington Irving） 177-83
「傷心」（"The Broken Heart"） 179-80
『スケッチ・ブック』（*The Sketch Book*） 177-81
「妻」（"The Wife"） 177-9
「リップ・ヴァン・ウィンクル」（"Rip Van Winkle"） 180-1
曖昧性　19, 70-72
赤ん坊対人工の蝶　72-3
「アッシャー家の崩壊」（"The Fall of the House of Usher"）　182
アレゴリー　15-6
「偉大なる訴訟」（"The Great Lawsuit"）　140-1
市川真澄　40-1
　「ホーソーンの『あざ』におけるエイルマーの錬金術」　40-1
インモース（Immoos, Thomas）　46
ウィリアムズ（Williams, Roger）　95
ウィリー（Willy, Samuel）　27, 29, 33
ヴィクトリア朝　9-10, 175
ヴィルギリウス　53
ウィンスロップ（Winthrop, John）　119
ヴェイン（Vane, Henry）　118
ウォルターズ（Walters, Ronald）　138
宇宙の放浪者　21, 23
ウルストンクラーフト（Wollstonecraft, Mary）　137
永遠の女性　46-7, 51, 57, 62, 100, 116
エイベリ（Abele, Rudolph Von）　73
エジソン（Edison, Thomas）　38

「エドワード征服王」（"Edward the Conqueror"）　75-8
エマソン（Emerson, Waldo）　48
行う人（doer）　9, 26, 116
お上品な伝統　20, 35, 158

[か行]

カーライル（Carlyle, Thomas）　48
「改革の時代」　119-20, 123, 161
「架空の状況」　65
『風と共に去りぬ』（*Gone with the Wind*）　4
カタルシス　129-30
疑似科学　39-40
「北風と太陽」　131-2
貴婦人　165
「教義問答書」　111
「近親相姦」　106-8
クーパー（Cooper, J.F.）　3
クエーカー教徒　91-2, 97-8
クルーズ（Crews, Frederick）　156
グレートヘン　46
ゲーテ（Goethe）　46
『ファウスト』（*Faust*）　46
心に関するアレゴリー　8
神徳昭甫　58
コウルリッジ（Coleridge, S.T.）　48
国民文学運動　51-3
コトン（Cotton, John）　118
コラカシオ（Colacurcio, M.J.）　95

[さ行]

サイコロジカル・ロマンス　186
シェイカー　79
ジェームズ（James, Henry）　101
ジェファソン（Jefferson, Thomas）　120

仕事女　165
ジャクソン(Jackson, Andrew)　119
『19世紀の女性』(Women of the Nineteenth Century)　120, 140-1
シュバート(Shubert, Leland)　173
　Hawthorne, the Artist　173
「女性」("Women")　136-7
女性の権利運動(Women's Rights Movement)　120-3, 135-6, 138-41, 158
『女性の権利の擁護』(Vindication of the Rights of Women)　137
『神曲』(The Divine Comedy)　53
深層心理　101, 105, 108
シンボル　17-9, 29-30
スカーレット　4
スコット(Scott, Sir Walter)　4, 65, 183
スタイン(Stein, W.B.)　47
スチュアート(Stewart, Randall)　64
「スペクテイター」　35
スミス(Smith, Page)　20
セネカ・フォールズ　141, 165
「想像力」　77-9

[た行]

ターナー(Turner, Arlin)　154
ダール(Dahl, Roald)　75
　「エドワード征服王」　75-8
「ダイアル」(The Dial)　48, 136-7, 140, 146-7
大抑圧　20
タナ(Tanner, Tony)　144
ダブルデー(Doubleday, Neal)　52, 53
ダンテ(Dante)　53
チェンチ(Cenci, Beatrice)　155-6
中産階級　165
繋ぎ役　22, 25-6, 32, 100
ティクノー(Ticknor, William)　158-9

ディックマン(Dichmann, Mary)　104-5
「同情的想像力」　86-7
トランセンデンタリズム(Transcendentalism「超絶主義」)　48-9, 136, 139
奴隷解放運動　138-9

[な行]

ニュートン(Newton, Issac)　37
人間の心の真実　65, 126, 186, 188
ノヴェル　125-6
ノース・アダムズ　166

[は行]

バイム(Baym, Nina)　3, 185-6
『アメリカ文学の中の女性』　3, 185-6
ハソーン(Hathorne, William)　91
ハソーン(Hathorne, John)　91
ハッチンソン, アン(Hutchinson, Ann)　117-9, 121-3
ピアス(Pierce, Franklin)　63
ピーボディ(Peabody, Elizabeth)　120
ピーボディ(Peabody, Sophia)　33-4
ピューリタニズム　111, 117
ピューリタン　98-9, 110-1, 117
ピューリタン社会　5, 121, 113-8
『ファウスト』(Faust)　46
ファラデー(Faraday, Michael)　37
フェタリー(Fetterley, Judith)　43
フォークナー(Faulkner, William)　171
「エミリーのバラ」("A Rose for Emily")　171
フラー(Fuller, Margaret)　36, 120, 139-42, 159
「偉大なる訴訟」("The Great Lawsuit")　140-1
『19世紀の女性』(Women of the

Nineteenth Century) 120, 140-1
フランクリン(Franklin, Benjamin) 20
ブリッジ(Bridge, Horatio) 52, 63, 163
ブルック・ファーム(Brook Farm) 135
フロイト(Freud, Sigmund) 101
不老不死の薬 40
文明化する人(civilizer) 9, 140-1
「偏執狂」 26, 90, 95, 100, 113
ボウドン大学 52, 63-4
ボウラ(Boller, Paul) 141
 American Transcendentalism 141
ポー(Poe, Edgar Allan) 4, 16, 102
「アッシャー家の崩壊」("The Fall of the House of Usher") 182
ホーソーン(Hawthorne, Elizabeth M.) 11, 35-6
ホーソーン(Hawthorne, Julian) 34
ホーソーン(Hawthorne, Sophia P.) 12, 33-5, 131
ホーソーン(Hawthorne, Nathaniel) 5, 10-3, 63-6
作品:「あざ」("The Birthmark") 37, 40-9
 『アメリカ日誌』(*The American Notebooks*) 163-9
 「アリス・ドーンの訴え」("Alice Doan's Appeal") 106-7
 「イーサン・ブランド」("Ethan Brand") 176
 「ウェークフィールド」("Wakefield") 15, 20-3
 「エゴティズム」("Egotism") 6-10, 12, 15-7, 22
 「エンディコットと赤十字」("Endicott and the Red Cross") 114
 「カンタベリーへの巡礼たち」("The Canterbury Pilgrims") 82-3
 「巨大な紅水晶」("The Great Carbuncle") 23-5, 27
 「シェイカー教徒の結婚」("The Shaker Bridal") 79, 80-2
 「死者の妻たち」("Wives of the Dead") 171-3
 「シルフ・エサレッジ」("Sylph Etherege") 173-5
 「白い衣服の老女」("White Old Maid") 170-1
 「大望ある客」("The Ambitious Guest") 27-32, 36
 『大理石の牧羊神』(*The Marble Faun*) 5, 149, 151-8, 188
 「小さなアニーの散歩」("Little Annie's Ramble") 168-9
 『陳腐な物語集』(*Twice-Told Tales*) 16, 52, 61
 「鉄石の人」("The Man of Adamant") 92-4
 「天国行き鉄道」("The Celestial Railroad") 39
 『七破風の屋敷』(*The House of the Seven Gables*) 125-34
 「ハッチンソン夫人」("Mrs. Hutchinson") 118-9, 160
 「P氏からの通信」("P's Correspondence") 183
 「美の芸術家」("The Artist of the Beautiful") 66-73
 『緋文字』(*The Scarlet Letter*) 5, 113-23, 129
 『ファンショー』(*Fasnshawe*) 64, 129
 『フランス・イタリア日誌』(*The French and Italian Notebooks*) 159
 『ブライズデイル・ロマンス』(*The Blithedale Romance*) 5, 89, 135, 142-8

『古い牧師館の苔』(*Mosses from an Old Manse*)　16, 53
「牧師の黒いヴェール」("The Minister's Black Veil")　102, 113
「三つの丘の盆地」("The Hollow of the Three Hills")　183
「村のおじさん」("Village Uncle")　176
「メリー・マウントの五月柱」("The May-Pole of Merry Mount")　113-4
「優しい少年」("The Gentle Boy")　96-100
「雪人形」("The Snow-Image")　75, 84-7
「予言の肖像画」("The Prophetic Pictures")　102-5
「ラパチーニの娘」("Rappaccini's Daughter")　51-62
『ラブレター』(*Love Letters*)　12
「若いグッドマン・ブラウン」("Young Goodman Brown")　17, 108-12
人物：アニー・ホーヴェンデン　66-72
アリス・ドーン　106-7
イルブラヒム　97-100, 122
ウエスターベルト　89, 143-5
ウォルター　102-5
エイルマー　37, 40-9, 57, 90
エレナー　102-5
オーウェン　66-73
カヴァーデイル　144, 147
キャサリン　97-100, 122
クリフォード　127-33
ケニオン　152
コルバーン, アダム　80-2
ジョージアナ　41-7, 57
ジョサイアとミリアム　82-3
ジョバンニ　53-62
ゼノビア　5, 136, 141-7

ダンフォース　67-73, 89
チリングワース　113-5
ディグビー, リチャード　93-5
ディムズデイル　113-6
ドナテロ　6, 152
トバイアス・ピアスン　96-8
ドロシー・ピアスン　97-8
ナンシー　163-4
ヒルダ　150-2
フィービー　127-34, 158
フーパー牧師　102, 113
フェイス　108-12
ブラウン　108-12
プリシラ　136, 142-7
ピンチョン　126-33
ベアトリーチェ　53-62
ヘスター　5, 114-7, 121-3, 187-8
ヘプジバー　127-33
ホールグレイブ　127-33
ホリングスワース　143-6
マーサ　80-2
マシューとハンナ　24, 25
ミリアム　5-6, 150-4
メアリー・ゴフ　93-4
ラパチーニ博士　54-60, 90, 113
リンゼー　84-7
ロウジーナ　6-9, 17, 19, 22
ロデリック　6-9, 17-8, 22
ホーソーン(Hawthorne, Maria Louisa)　35

[ま行]
マークス(Marks, Alfred H.)　130
マーティン(Martin, Terence)　147
マザー, コトン(Mather, Cotton)　107
マシセン(Matthiessen, F.O.)　161
『アメリカン・ルネサンス』(*American Renaissance*)　161
「魔女裁判事件」　91
マニング家　11

ミッチェル (Mitchell, Margaret) 4
  『風と共に去りぬ』(Gone with the Wind) 4
ミラー (Miller, Edwin) 149, 155
メルヴィル (Melville, Herman)
  3-4, 149, 156-7, 182
  『白鯨』(Moby-Dick) 149, 182
  『ピエール』(Pierre) 149-51, 153-7, 182
  『ビリー・バッド』(Billy Budd) 182
  『マーディ』(Mardi) 182
モール 125-9, 133-4

元田脩一 56

[や、ら、わ行]

輸送革命 38
リー (Lee, Ann) 79
リプリー (Ripley, George) 135
ルベリエ (Leverrier, Joseph) 37
錬金術 40-1
ロマンス 125-6, 133
ロングフェロウ (Longfellow, Henry) 63
ワーズワス (Wordsworth, W) 48
ワット (Watt, James) 38

著者略歴

山 本 典 子（やまもと　のりこ）

1968年　広島大学文学部（英語英文学専攻）卒業
1970年　同大学院修士課程修了
現　在　広島国際大学医療福祉学部専任講師
専　攻　アメリカ文学
論　文　ホーソーン、メルヴィル、アンダソン、
　　　　J.C.オーツ等に関するもの

ホーソーンの作品における女性像

平成13年9月20日　発行

著　者　山　本　典　子
発行所　株式会社　溪水社
　　　　広島市中区小町1－4（〒730-0041）
　　　　電話（082）246－7909
　　　　FAX（082）246－7876
　　　　E-mail：info@keisui.co.jp

ISBN4－87440－665－3　C3097